U0685146

前世传奇

的美丽

爱恨情殇

辗转经年的

美人倾国

Meiren
Qingguo

流溪 著

——帝王红颜的不了情愁

只会在字里行间愈加扑朔迷离。将她们的美丽与爱恨拽引纸上，不是祭奠，只为惦念。所有义无反顾的温柔和亦步亦趋的追随，所有纠缠了数年的恩恩怨怨，却再寻不到少时嫣然的笑靥。前世为盟的魂灵一朝于过眼云烟的俗世重逢，她们飞蛾扑火，执迷不悔，在似水流年里将青丝熬成白发，低头展颜。

WUHAN UNIVERSITY PRESS
武汉大学出版社

【目　录】

　　后世很少有书去长篇称颂夏姬的美貌，因为确实难以形容。不同的时间，她占据着不一样的美。若定要用一种花去比喻，那么她只能是幽兰与罂粟的结合，清新淡雅却又风情万种，你自觉可以安静欣赏她的时候，实际已经中了她的毒，为她疯狂，已经是在所难免了。

　　两个生前水火不相容的女人，我执意做了一处说，只因她们为了一个男人，殊途同归。长门怨，其实是大汉后宫许多人的怨，纵使他的爱海水般深，每个女人分得的也不过是区区一瓢。当然，弱水三千，也只可取一瓢饮，只可惜，刘彻并不是那样的男人。或许也因此，才有了大汉盛世，才有了"秦皇汉武"的盛名。

　　总是很难去首肯那些所谓的乱世英雄情，他们于金戈铁马、指点江山的闲暇，消费了貂蝉的闭月羞花，孙尚香的剑胆琴心，大乔小乔的温婉可人，这些烽火缠绵再怎

么渲染，也算不到"情"字的头上去。如果，执意要寻得一段寄予，那么，只有甄洛，算是还有一段可圈可点又可叹的过往。

都道悲欢皆关情，可是每每叙到这段情，总让人疼痛得欲说还休。好在时光的罅隙里，已窥不到一别经年的忧伤过往，触不到心底里触目惊心的伤痕。那么，还是装作视而不见，释然芥蒂吧。

毕竟，以爱为名，是什么都可以原谅的。

又到了月圆之夜，推开柴房破朽的门，她想去看看月亮，可是很遗憾，除了阴沉沉将压下来的几片乌云，她什么也看不见。好在倒也无所谓了，梁上悬下的白绫，已经打好了死结。冯小怜对着镜子，看着自己略带憔悴的脸，撇嘴一笑，那笑，依然倾国倾城。

一生荣华，一世沧桑，一辈子都在同那既定的命运纠结。当无尽的岁月将回忆中不可重来的光阴一点点吞噬，当辗转于乱世的美丽与哀愁重新穿行在盛世的悲喜里，不知她是否会发觉，蓦然回首的瞬间，竟走失了记忆，留下了忘却。

他们同最爱的人一起，纵情于自然里，逍遥在天地间，用彼此最真的心，从容于匆匆而过的岁岁年年，和俗世早没有了任何相干。

也许，当绚美的容颜染上了岁月的尘埃，当祭奠的回忆沦陷在旧日的离乱里。我们会明白，那个华丽而潇洒的转身，原来，是透彻生命的睿智。

茶蘼，是黄泉道上的引路之花，但不管幽冥之地有多少未知和恐惧，她都不会害怕。因为，那里有等待着她的人。孟昶的情，她现今终于可以还了，她一人偷生到现在，其实，没有一天不是愧疚的。

她知，世间有许多情，如同那园里有姹紫嫣红如同她喜欢牡丹，亦是爱着芙蓉。可是，最终她只做了暮春茶蘼的花蕊，韶华盛极，安然地同繁华，同灿烂，同忧伤离别。

别说，她是孤独的。因为，她有记忆，有期待，还有刻骨铭心的爱。

李煜的一生，半世荣华，半世艰辛，那大喜大悲的起落令人不胜唏嘘。唯一让人艳羡的，是他拥有两个女人的爱。一个温柔如水，虽有些许遗憾，但终是一段可以时时回首的记忆；一个热烈似火，虽经百般磨砺，却握着他的手走过生命最后一段旅程。

因为一场战乱，她与从前一刀两断，断得如此匆匆，甚至没有时间与故人执手离别，道一声珍重。好在对于赵佶，她永远都可以释然。终究谁也不是谁的谁，两人在喧嚣的寂寞中相互取暖，锦上添花，谁又能保得了明天，承诺得了乱世？

自　序

流　溪

　　一直以为，她们只是男权世界里，俯首称臣的玩物。一朝伴于君王侧，纵也在轻歌曼舞里卿卿我我，却总难逃花团锦簇中，浮光掠影的宿命。所以，那情，也就成了似情非情。

　　于是，始终冷眼哂笑着，看她们飞蛾扑火，看她们执迷不悟，看她们在似水流年里将青丝熬成白发，低头展颜，却再寻不到少时嫣然的笑靥。

　　南朝陈后主说，"花开花落不长久，落红满地归寂中"，好花易凋，正如红颜命薄。可是，如若人生真的是一出折子戏，她们"噫呀"之间的叹息，又是最百转千回的慰藉，水袖微扬，尽赚看客的清泪。

　　倾国，倾城，不轻爱，前世为盟的魂灵一朝于过眼云烟的俗世重逢，所有义无反顾的温柔，所有亦步亦趋的追随，都可以谅解。

　　也知，一别经年的过往碎片，不是一朝一夕所能够黏合的，而那纠缠了数年的恩恩怨怨，只会在字里行间愈加扑朔迷离。

　　所以，请相信，执拗地将她们的美丽与爱恨拽引纸上，不是祭奠，只为惦念。

1

多情却似总无情——夏姬

（一）

春，仲春。

黄昏，夕阳西下。

一年之中并没有很多时节能如现在这般，看着日落西山、古道烟尘而不生出几分怅惘。

尤其，是对于离人。

如果不是看到满车的箱笼，恐怕无人知道，这队悠闲行走的人马是要离开故国，去往异乡。

道边，迟归的少男少女们依旧在嬉闹，他们手捧兰草、芍药，相互追逐着丢来丢去。

不要总是想像几千年前先民们的禁锢，"野有蔓草，零露瀼瀼。有美一人，婉如清扬。邂逅相遇，与子偕藏"。他们的自由与激情，有时是我们可望而不可即的。

尤其是仲春之会，这是少年男女们的节日。早在周王朝的时候，就以法律的形式庇护了这个时节的自由，"中春之月，令会男女，于是时也，奔者不禁"。这个时候，如若哪家的长者干涉两情相悦，是要受处罚的。

装饰奢华的马车很快吸引了路人的目光，有人因为看呆了，将手中的兰草撒了一地。

"公子兰。"

车内的女子轻呼了一声，却惹得周围一阵惊慌。也是，在郑国的疆土上，谁敢直呼国君的名字。不过好在对这个郑国公主来说，没有什么事情是她不敢做的。她知道兰草是祖父母的定情信物，也是父亲郑穆公的生命象征。

仲春时节，她都同这些少年男女捧着满怀的花草丢来丢去笑闹着。她想，那时她该是叫不谙世事吧，不然为何迟迟未曾觉察到他羞怯而又炽热的目光。

那时，她已经是美丽的了，并且，可贵在美而不自知。一个人如若天生丽质却不以为然，确实会少生许多事端。

但是对于她，已经晚了。那时，他就明明白白地告诉她，她的美无人能及，在郑国，在普天之下。

无论哪个女人听到这样的话，都不能不为之动容吧。她也一样，于是，心甘情愿地奔赴了不复的万劫之途，并且，一错再错。

郑地民风开放，那是一个还没有生成束缚的时代。《诗经》中多写儿女情长的郑卫之音，从来就被当作乱世之音。孔夫子总是一而再，再而三地教导他的学生：放郑声，远佞人。郑声淫，佞人殆。

但是他们所做的事，却是哪个时代也无法饶恕的。

郑穆公一夜之间苍老了许多，为着这对不省心的儿女。他知道，王室发生这样的事，将不只是家丑，还是国耻。

他日夜忧愁，总希望找出一个万全之策。他想，他们到底还是两个孩子，以后漫长的路该走得顺畅些。

郑穆公在最后一次愁眉紧锁后，终于做出了决定。不是他心狠，只因除了将她远嫁，也别无它法了。

任何一个父亲，为他最漂亮的女儿选夫婿，一定是严格又挑剔的。但此时的郑穆公，却不得不退而求其次，他选中了陈国的大夫。

如此美貌的公主本应该般配国君的，少说也应该是个王子。如今嫁个大夫却都还诚惶诚恐的，唯恐人家在意过去。可见女人的名声果真不似男人，还有什么浪子回头，一旦狼藉，便再也回不去了。

于是，她踏上离乡的路，去嫁给一个叫夏御叔的男子。

从此，她有了一个新的名字：夏姬。这也是一个让历史永远铭记的名字。

仲春时节的欢会让她此时的离去少了几分忧伤的味道，但内心也还是忐忑的。一路上，她不止一次地同侍女荷华去想像，那个陈国大夫该是怎样的模样。

千百种假设，见到了，发现还是在意料之外的。

夏御叔不像她曾遇见的男子，总是对她赞不绝口。他是有些缄默的，不常说什么动人的话。有时她去逗他，他也只是握着她的手，东一句西一句地扯着，譬如，他会认真地说他名字的来历，他父亲是公子少西，字子夏，所以，他便以夏为姓。如果她愿意，姓少西氏也是没有关系的。

就是这些寻常到有些令人发笑的琐碎，令她在异乡感觉了家的温暖。这种温暖，也收拢了她一度离乱的心。

她来陈国不到九个月，生下了儿子夏徵舒。这是一个令人尴尬的时间，儿子出生之后，她一直待在夏御叔的封地株林，不曾踏出半步。

不愿，亦是不敢。

她不用出门也知道外面的风言风语，怀胎不足九月，再加上些许她曾经糜烂生活的蛛丝马迹，便是茶余饭后最好的谈资。

她知道，那些嫉妒她美貌的女人们不会放弃这个绝好的攻击她的机会。

然而最令她担心的还是夏御叔，她的夫君。虽然他们只相处不足九个月，但在她的心里，她姓了他的姓，便是他的人。她已经试图与从前一刀两断，不知道此时会不会前功尽弃。

这个惯于沉默的男人还是没有说一句令她难堪的话。对于他们的儿子，对于她的过去，他也是质疑的，但他却不忍心为难她。他宁愿独自一人时偷偷地叹气，或者对着儿子翻来覆去地端详，他的内心也是纠结的，但是在她面前，却只能佯装平静。

他给儿子取字子南，夏姬喜欢这个名字，常常昵称他夏南。

在夏南渐渐长大的这些年里，她同过去相比就像换了一个人，郑国公主仿佛是她从未有过的身份，而过去的种种不堪，也似一场荒唐的梦。她对夏御叔，总是小心顺从，这里面有多少感激的成分，不得而知，也许是大半吧，但也就是这大半的感激足以让他们岁月安稳。

可见寻常夫妻，其实不必在意情爱的你多我少，日久天长，终究都要化为亲情与习惯。有人或因为感激或因为愧疚在一起，总觉感情掺了杂质，不免遗憾，其实日久生情，皓首不离，不也是殊途同归？还非得有个美丽浪漫的开端，有个轰轰烈烈的收尾，除了那台子上的戏，几个人能有这样的荡气回肠。

转眼，过了十二年。

岁月仿佛不曾在她身上留下任何痕迹，反而更给她增添了风韵。如果昔日的族中子弟见到她，恐怕会感叹，此时的夏姬，才真的是天下无双。

于是，她足不出户的小心翼翼并没有肃清株林外的流言蜚语，反而愈演愈烈。旁人总道是她偷偷服用了什么荀草一类的仙草，以保年长而色不衰。侍女荷华外出回株林，总是替她愤愤不平。

其实她知道，还有更加恶劣的话。有人竟说她会什么采阳补阴的吸精大法，说白了就是她将愈加鲜妍，而她的夫君会日益羸弱。

那时候，她并不在乎，他好好地在她身边，只这一点便可以堵了众人的嘴。

所以，他突然一病不起时，她才会这样慌乱。她未曾想过更严重的后果，只觉他这一病，不就正验证了外人的猜测？

夏御叔死的那天，她没有哀号痛哭，或者已经是哀至心死了。她甚至想她确实就是别人眼中的红颜祸水，要不为何在她身边令她在乎的人都难逃一死。

她开始察觉到了前所未有的恐惧，她害怕将要到来并可能陪伴一生的孤独，夏南终究要长大，开拓自己的一片天地，而她是不是要永远待在这寂寞的株林里，直到生命的最后一刻。

（二）

灵堂之上见到夏姬，孔宁的心不由蓦地一动。虽是夏御叔的至交好友，但他并不常出入株林，见到这个女主人的次数更是屈指可数。

他知道她是有名的美女，也知道旁人对她的数不清的非议。或许也是因此，夏御叔在世的时候，他刻意避开了去，免得朋友之间生了芥蒂。

所以，他甚至没有细细地打量过她。他只记得往日的夏姬是明妍的，与一身素缟、不施粉黛的现在还是有分别的。

此时忧郁憔悴的夏姬就如同暮春的一束兰花，淡雅无奇，初看只道是寻常，只一转身的瞬间，便会觉察到刻骨铭心的芳香。

也就是这别有的一番风味，惹了孔宁一看再看。

他炽热的目光同所有看她的男人们一模一样，她怎么会察觉不到。只是守着丈夫的灵柩，她有些心慌意乱。还没有做错什么事，就已经觉得愧疚了。

所幸的是，孔宁没有令她为难，祭奠完了好友，就同她告别离去。自始至终，孔宁同她未说过一句多余的话，但她看到了他眼中的怜惜，直觉告诉她，和这个男人终究是要发生点什么的。

果然，孔宁来株林愈加频繁，而且还频繁得理直气壮。好友故去，留下的孤儿寡母难道不该时时帮忙照料？夏姬也用这个借口令自己心安，她实在是太怕孤独了，因为夏南不久也要离开她了。

知道夏御叔故去的消息，郑国已经派了人来悼唁，同时将夏南接走。

她虽不舍，但总不想夏南如她一般，整日待在这寂寞的株林里。她要让他去远方，忘却丧父的忧伤，快乐地生活。

郑国，她的家，她知道他们会好好待他的。不论她做错了多少事，永远还是郑国最美丽的公主。

于是，夏南的离去，解掉了她最后的束缚。她在被掷向孤独深渊的时候，其实已经开始自我救赎。

她不再回避孔宁炽热的目光，她又已重新习惯那种炽烈的感觉。像公子蛮逝去以后的情景一模一样，她其实在重蹈覆辙。

夏姬的面容又变得明媚了，她恍然大悟，原来男人的宠爱才真的是保持容颜不老的仙草。她窃笑，那些妒忌她的女人们，怕是永远也无法同她相比了。

一向敏感的她，还是忽略了点什么，在孔宁含情脉脉望着她的时候，还有一个男人也在虎视眈眈。

仪行父，也是陈国重臣，也是夏御叔的至交。

同孔宁不同，许多年前，看她第一眼的时候，他就已经对她念念不忘。他也是因为朋友之妻，忍了很多年。现在终于可以名正言顺地接近她了，却不料，还是晚了一步。

看着孔宁进出株林如同自家庭院，他就愤怒得抓狂。他也屡屡痛骂自己，怎就如此下贱，为了一个女人，这样辗转反侧。

天涯何处无芳草，但夏姬，天下却只一个。

愈是想忘却，就愈是忘不掉。而且得不到的东西，也总是最好。

终于他等不及了，他甚至不再去想任何接近她的计策。这个时候，最直接的方法，便是最好的方法。

他一人骑马闯入株林，直呼她的名字。那一天，孔宁不在，其实他倒是希望他在的，痛痛快快敞开了争一番，他不信他会输给孔宁。

见到他，她并没有惊慌，其实内心还有一丝小小的惊喜。她依然是十几年前的那个被盛情宠坏了的小女孩，看着男人们为她反目成仇、大动干戈，有一种孩子气的心满意足。

她又一次证实了自己的魅力，当仪行父将她拥入怀中的时候，她没有丝毫抗拒。

任你是七尺男儿、一国重臣，一旦陷入恋爱之中，都像极了贪婪的孩童，行事让人忍俊不禁。

一日，孔宁偷穿了夏姬的锦裆四处炫耀。仪行父得知，竟不依不饶，将家国大事放在一边，直奔株林找她问个究竟。

本来就是别人在先你在后，既然谁都不愿放手，便是睁一只眼闭一只眼罢了，何必像个怨妇，非得计较个明白。白白地宠坏了夏姬，觉得男人不过是如此，一人之下万人之上的社稷之臣，心眼却比女人还细。

那天她强忍着笑，解下了自己穿的碧罗襦，给了仪行父。他满足

地拿着碧罗襦匆匆离去，谁也想不到他竟是又去向孔宁显摆，为一雪前耻。

这才是两个人争斗的开始，于是，才有了后面的骇人听闻。

孔宁不似仪行父是个直接的人，他看似不动声色，其实胸中大有丘壑。眼看着夏姬与仪行父的往来竟然比他还要密切，大有后来居上之势，这口气如何能够咽得下。

他想来想去，觉得普天之下能够替他出一口气的男人，除了国君，没有别人了。

陈灵公的贪色无人不知，拉他下水简直是易如反掌。

于是，一辆更加奢华的马车驶入株林。

这个时候，株林外的闲言碎语早已经被夏姬视为无所谓了，她想那些闲下工夫诋毁她的无非有两类人，男人和女人。女人定然是因为嫉妒，男人却是因为得不到。她如果因他们的毁誉而痛苦，便是遂了他们的愿。

她偏不。她要活得有声有色，她要让嫉妒她的女人更加嫉妒，觊觎她的男人们更加垂涎欲滴。

对于她的美，陈灵公早有耳闻。但到底是一国之君，自觉赏美无数。何况论年龄，她已经不是少女，想着千万不要盛名之下，其实难副，费他跑一趟腿不算，还白白跌了君王的架子。

见到了，才觉人们对她的形容竟然还是不够。六宫粉黛与她相比，已是可有可无的陪衬了。看到她，你可以忽略她的年纪，因为有一种美是模糊了年龄界限的。她有少女的烂漫，亦有妇人的高贵，当所有的不可能结合在一起时，就成了绝对的引人瞩目。

后世很少有书去长篇称颂夏姬的美貌，因为确实难以形容，不同的时间，她占据着不一样的美。若定要用一种花去比喻，那么她只能是幽兰与罂粟的结合，清新淡雅却又风情万种，你自觉可以安静欣赏她的时候，实际已经中了她的毒，为她疯狂，已经是在所难免了。

那天，因为一个美丽的女主人，宾至如归，也定将会流连忘返。

看到荷华一脸未曾平定的惊讶，她哂笑一声：便是一国之君又能如何。

有人说，一个女人若能赢得异性的爱，便也同时赢得了同性的赞叹。果然是精辟。

第二天临朝，陈灵公笑骂了两位重臣：有如此佳人，如此乐事，何不早奏？两人的回答也倒机灵：君有味，臣先尝之；父有味，子先尝之。若尝而不美，不敢进于君也。

苟且之事却说得这样冠冕堂皇，也是少见。陈灵公细想了想后，认真答道：不然，譬如熊掌，就让寡人先尝也不妨。

满座俱笑。

不仅如此，朝堂之上，陈灵公还掀开衣襟，扯了贴体汗衫，同二臣的碧罗襦、锦裆相互比照，同做株林之约。

哪朝哪代有如此国君，如此大臣。不怪正直之士愤而起身制止：朝堂之上，秽语难闻，廉耻尽丧，体统俱失。君臣之敬，男女之别，沦灭已尽！

大臣泄治以忠义闻名，几句一针见血的话让陈灵公汗颜到以袖掩面。

看到国君如此羞愧，大有悔改之心，泄治觉得很欣慰。可是他不知，忠臣对于昏君，并不是明镜，而是绊脚石。他的冒死进谏只能为自己引来杀身之祸。

果然，泄治走后，陈灵公转身对孔宁、仪行父说：寡人宁得罪于泄治，也不肯舍此乐地。

君王的意思已经再明了不过了。

第二天，便已不见了泄治入朝。孔、仪二人买通去杀泄治的刺客归来道：幸不辱命。

一个忠义之臣落得如此下场，虽有人赞他：身死名高，龙血比心。但是孔子却说：泄治以区区之一身，欲正一国之淫乱，死而无益。看来，不但陈灵公无药可救，陈国也将无药可救。

夏姬未杀泄治，泄治却因夏姬而死。这样的债，众人非要记到她的头上，能有什么办法？

从那以后，人们经常看到三辆马车同时驶向株林，外面的流言满天飞，却奈何不了夏姬，因为她根本无暇顾及了。

这样的生活一过就是几年，在她觉得有点烦腻的时候，听到了一个让她欣喜若狂的消息：夏南要回来了。

她总是数着夏南回家的日子，想像着夏南长大后的样子，却丝毫没有想，她的儿子该怎样面对她如此不堪的生活。

（三）

胡为乎株林？从夏南？
匪适株林，从夏南！
驾我乘马，说于株野。
乘我乘驹，朝食于株。

——《诗经·株林》

读这首诗，很少有人不大笑的，也很少有人不赞叹陈国人的幽默，"为什么去株林，是去找夏南？那些人去株林，是去找夏南的！乘着马车，在株林郊外休息，坐上大马驹，赶去株林吃早饭"。

莫说夏南不在陈国，就是在株林，那陈灵公和二位大臣又不是癖好龙阳，巴巴儿地去找夏南玩做什么？这首诗讽刺得太高明，既可拿到桌面去说笑，又都心照不宣。

夏南听了当然笑不出来，但他不想说半点责难母亲的话。陈国上下或许也只他一人，认定所有的错都该归罪于那些男人们。

那年，夏南十八岁，史书载他生得"长驱伟干，多力善射"。为了取悦夏姬，想必也是因内心有愧，陈灵公任命夏南袭了夏御叔的职位，担任陈国的司马，执掌兵权。

一君二臣并未因夏南的归来而有所收敛，他们也未曾想过，这一切终归要有结束的时候。

那日，陈灵公与孔仪二人留宿于株林。夏南特地设宴款待陈灵公，以感激重用之恩。现在想来，那真是一桌令人无比尴尬的宴席，对着儿子与情人们，她如何能咽得下饭？好在不多一会，夏南就借故离席，想必实在是难以忍受君臣们相互戏谑的丑态。

夏南离去，陈灵公更加肆无忌惮，竟开起了他身世的玩笑。他上下打量着仪行父，直道夏南躯干魁伟，很像是他的儿子。仪行父却推说，夏南双目有神，极像主公，自然是主公所生。孔宁更过分，调侃说夏南父亲极多，应该是个杂种。

说完，三人抚掌大笑。

谁都没想到，夏南其实并未远去，他在屏风后，听得一字不漏。一场由夏姬引发的悲剧从此正式开始。

盛怒中的夏南将母亲锁在内室，手持利刃杀进屋内，吓得君臣三人抱头鼠窜。那天，陈灵公被射杀在马厩里，孔宁与仪行父侥幸逃离，投奔去了楚国。

公元前599年，夏南率军入城，谎称陈灵公急病归天，立世子妫午为君，史称陈成公。

夏姬又做了一回红颜祸水，她的儿子为她颠覆了整个国家。只是，更大的灾难还在后面。

夏南弑君并未引起国内动乱，倒是给了楚庄王一个兴师伐陈的最好借口。

楚兵入陈，如入无人之境。一个本来就已摇摇欲坠的国家，面对如此强敌，不得不束手就擒。

那是夏姬待在株林的最后一天了，面对着即将来兴师问罪的人，她没有躲闪的意思。同天下所有的母亲一样，她想，只要夏南平安无事就别无他求了。

怎奈这是一场注定的悲剧，楚军将欲逃往郑国的夏南擒住，施以了史上最残酷的刑罚：五马分尸。

如果说夏御叔的死曾令夏姬悲痛欲绝，那么此时儿子的死，真正让她对一切感到绝望了。

绝望的人对一切已经无所谓了。

所以，站在楚庄王面前的夏姬波澜不惊，她从容地应对着每一个人的目光，此时的夏姬，用一种凛冽至艳丽的美让所有男人都心甘情愿地俯首称臣。

像当年的陈灵公一样，楚庄王已没了半分君王的体统。定罪论罚的事一字不提，只对群臣诸将说了一句话：意欲纳之，已备嫔妃。

整个大堂鸦雀无声，所以那一声斩钉截铁的"不可"才尤为震耳。

是屈巫，楚国大夫。

所有人的目光都朝向他，连夏姬都不由得侧目凝视。其实，于情于理，楚庄王娶夏姬，确是不可。楚军伐陈，打的是讨伐叛臣的旗号，行的是义举。而纳夏姬为妃，却是贪色好淫，必为众人所不齿。如此兴师动众、大张旗鼓的征战，怎么能功败垂成？

楚庄王顿时垂头丧气，但为了天下霸业，却也无可奈何。

此时的夏姬有点不耐烦了，她想是生是死早早定了结局最好，被当作货物一样争来弃去，太难堪了。可是，君主不敢要，想必更无人敢要了。

正想着，将军公子侧突然跪地请求：臣中年无妻，请赐臣为妻室。未等君主发话，便又是一声"不可"。

还是屈巫。

他对着强压着愤怒的公子侧，淡定地列数着夏姬的罪名：夭子蛮，杀御叔，弑灵侯，戮子男，出孔、仪，丧陈国。

天下美妇多的是，为何要娶如此不祥的人？

这其实是人人都知道的，可为何还是有那么多人前仆后继？她身边的男人总是走马灯似地换，都道是破不了的咒怨，其实举手之劳将她杀了，不就能一了百了，又没见谁舍得动手。可见美色当头，连生死都是可以暂时搁置的。

看着屈巫，夏姬想，这又是一个泄治一类的人物，千万别落得同他一样的结局就好。

看穿过那么多男人，这一次，她竟看错了他。

她不认识他，而他却早已将她珍藏在心底一个最隐秘的地方。

还是许多年前，也许是五年，也许是十年，他出使陈国，正遇她乘车出游。他随着围观的人群看了她一眼，只那一眼，便让他记了许多年。

怎时相见已留心，何况到如今。

只是，在这样一个尴尬的场合，虽然近在咫尺，却可望而不可即。不过即便是这样，他也是庆幸的，他本从未想过还能再见到她，所以他将对她的记忆隐藏得这样深，深到刚才短暂的四目相对时，她竟没有感觉到半点那目光深处的悸动。

也许是男人才最了解男人，公子侧并没有因屈巫的指责乱了分寸，他的反驳一针见血：主公娶不得，我亦娶不得，难道你要娶了不成？

常人看来极寻常的一句斗气的话，却让屈巫突然慌了起来，连声说"不敢"。

这一番手足无措倒让夏姬突然明白了眼前这个男人的所有动机。他不知道怎样可以得到她，所以能做的只是不让其他人得到。

可是，鹬蚌相争，往往渔翁得利，命运又一次戏弄了夏姬。为了停止争执，楚庄王将她赐给了新近丧偶的尹襄老。

不知这个楚国的老贵族该是做何感想，是否仿佛做梦一般，为交到这样的桃花运而欣喜若狂？如果他知道，他只是她生命中的匆匆过客呢？

公元前597年，楚晋两国交战于邲，楚国大胜，尹襄老却战死疆场，尸体被晋国掠走。

是不是尹襄老这一死，又遂了许多男人的愿？

《左传》记载了尹襄老死后的夏姬：其子黑要烝焉。这短短的一句话不知又为夏姬引来多少骂名。父亲战死沙场，儿子却弃父亲尸骨于敌国不顾，急于同庶母婚配。

如果说以前骂她的人，只是一群闲极无聊、唯恐天下不乱的人。那么如今，她已经为举国上下所不齿了。

不端不孝，在中国上下几千年的传统里都是罪大恶极。

其实黑要未必真的是一个连老父尸体都置之不理的人，即便果真是不孝，对着楚国上下的谩骂也不总是无动于衷吧。他也定是经过了痛苦的思索、挣扎，想着人死不能复生，但如若此时不夺夏姬，对着那一群虎视眈眈的人，便是再也没有机会了。

他也中了夏姬的毒，为着她，弃去了伦理纲常。但这不能不说，也是一种莫大的勇气。

此时的夏姬，已经麻木了，她早就认定了自己身上神奇的魔咒，自哥哥公子蛮死的那天起发挥作用，诅咒着她身边的每一个男人，甚至是她的儿子。

她不想再看到因她而起的祸端，但是那些男人们一个个义无反顾，她能有什么办法？

可是，黑要还是个孩子，她看着他对她迷恋的目光，想着那不幸的诅咒又要落到他的身上，有些痛心。

淫乱不孝的罪名，他咬着牙扛下来了，也就是他对她的这种至死不渝，让她才更为不忍心看到他的毁灭。

正当她挣扎于想要结束这一切的时候，有一个人却暗暗做了决定。

（四）

此时的夏姬，已是徐娘半老，虽然吸引力不曾减损丝毫，但到底已经不是当年那个任性的小女孩了。

她已经可以坦然接受命运同她开的任何一个玩笑，或许也是因此，一切便到了真正该结束的时候。

而他，竟就是命运为她选定的终结者。

除了那年大堂上的匆匆一顾，她同他鲜有交流。所以，拿着他的亲笔传信，她有些出乎意料。

上面只有四个字：归，吾聘女。

无须赘述前因后果，仿佛那就是注定的因缘，看着这四个字，想着一个尚且模糊的面孔，她突然泪如雨下。

这半生经历过多少男人，听过多少动人的话，她自己也数不清，但是从未有一个人这样认认真真地对她说过，我要娶你。

每每看到这句话，我就能真切地感受到它背后的分量，这是一种

毋庸置疑的口气。而他凭什么就敢用这样的口气要求她呢？他同她的生活好像没有任何交集，他凭什么就认定这个女人会同意嫁给她。

如果不用宿命论，恐怕很难解释这一切。

她竟然就答应他了，拿她的后半生来赌这个尚且陌生的男人。

她立即向楚王请求回到郑国，以便通过郑晋两国交好的关系，要回尹襄老的尸体。

楚庄王深信不疑。

于是，她又回到了阔别已久的家乡，她的父亲早已离世，现任的国君是她的弟弟姬坚。

那天，郑襄公亲自出城迎接他的姐姐，郑国依然美丽的公主。

随后的许多年，史书上竟再也未提到一件关于她的风流韵事。也许是将浓重的笔墨转去描述了那时诸侯争霸的动荡，也许是她真的安静了，只为着那个承诺要娶她的男人。

我自然是相信后者的。她的前半生看似被各色男人们高高在上地捧着，实际却做了他们的挡箭牌，挡着他们的阴谋、阳谋。她被不停地利用着，连个辩解的机会都没有。当然，即便有机会也无济于事，历史还是他们炮制的，江山还是任他们轮流坐庄。既然如此，她又何必让自己再一次做了人家的笑柄？

只是，她等的那个人还不知道什么时候会来。一向只是别人争着抢着奔向她，她第一次知道等待，一个人等待，也不是很可怕的事。因为有希望，就不会觉得孤独。

公元前584年，楚庄王决定派使臣去齐国，商讨共同抗击强国的结盟大事，屈巫主动请缨前往。

无休止的期盼终于让这个沉着稳重又足智多谋的楚国大夫忍不住了，他并未前往齐国，而是直奔郑国，迎娶夏姬。

这一去，也就没有了回头。

这距离她第一眼见他，过去了十五年，而距离他第一次见到她，已经数不清多少年了。

在这数年的乱世岁月里，有过多少沧海桑田的变迁，唯一未变的竟然是最易变的人心。

新婚之夜，他郑重其事地对她说着海誓山盟，他知道他们都已不是浪漫的少年人，也知道有许多人曾对她说过同样的话，但是他还是执意要说。听着他的那句"愿偕老百年"，她又一次湿了眼眶。

夏姬纷乱的情感世界终于在她年逾半百的时候安定了下来，但是，因她而起的动乱，却没有停下来的迹象。

屈巫草拟一道表章向楚庄王道了前因后果，然后带着夏姬，投奔晋国。

楚庄王的大怒可想而知，同屈巫早有芥蒂的公子侧、公子婴齐遂一起请求讨伐叛贼。

于是，屈巫家族连同黑要皆遭诛杀，家财尽入二将囊中。

屈巫固然有罪，可是他的家人却是无辜的，这一场杀戮正式决定了君臣反目，卿士成仇。屈巫立下重誓，要让滥杀无辜的人死在疲劳奔波的道路上。

这就是他向晋国君主献上的"联吴制楚"的策略："与其射御，教吴盛车，教之战阵，教之叛楚。"自此，楚国腹背受敌，国无宁日。

公元前574年，吴晋两国相继向楚国发起进攻，鄢陵决战中，楚军战败，统帅公子侧自刎。而公子婴齐也果真疲于奔命，死于战场上。

这实现了屈巫的誓言，也标志着强大的楚国自此陨落。

人们仍旧将这些分崩离析、山河动荡算在她的头上，可是，这真的已经与夏姬无关了。现在，她只是一个寻常的妇人，每日闲看花开

花落，云卷云舒。也许她曾经是郑国公主，是国君爱宠，是所有男人们趋之若鹜的对象。但此时，她的眼中只有这个叫屈巫的男子。她曾经为了他，赌了半生的幸福，而今她知道，她赢了。

原来，上天给予她的所有诅咒是为了让她等着他，只是未免代价太惨重了，他最后一个出场，所以她身边的所有男人都得为他让道，用一种最无后患的方式。

有人将她比喻为东方海伦，可是希腊的海伦又怎能与她相媲美。区区一场特洛伊战争，怎么比得上她半个世纪所经历的颠沛流离。

《左传》向来好为前人做评判，但对于她，却只字不评。为什么不是红颜祸水、美色误国？可见那些撰写历史的男人们也知这样的评语对她确实不公。

还是引一首后世述说她的诗罢：

> 夏姬好美，灭国破陈，
> 走二大夫，杀子之身，
> 贻误楚庄，败乱巫臣，
> 子反悔惧，申公族分。

短短三十余字，写尽了她的生平，但是，你绝对不会从中感触到一个美丽女人所拥有的最致命的诱惑。

谁能赋得长门事——陈阿娇、卫子夫

（一）

夜，未央。

其实漫长无绝尽的岂止是黑夜。

未央宫里的一切，在旁人看来，都是长长久久的。享不尽的荣华，挥霍不完的富贵，当然，还有永不倒的大汉基业，和她皇后的桂冠。

她立在窗边已许久，似是等人的架势，却又不十分像。因为等待，不论等到何时，总还是期待的。而她，仿佛只是在感受这夜的黑，也好像她早就知道，她等的人，今夜不会来。

屋里也是漆黑一团，是她不让点灯的。便是这一点，常人就看不懂了，自来都是借酒消愁、寻欢解忧，防的就是愁上加愁。而她，孤独在这黑暗里，莫不是想以毒攻毒？

又不知过了多久，她总算关上了窗子，窗子一关，也就是将愁绪暂时隔离在外。转身的瞬间，她突然想到一个人，曾经的太子刘荣。她想，如若给他做了皇后，她是否也会在这漫长的黑夜里等待。

她想像不出，就如同刘荣想像不出自己怎么就落到了那样的境地。

提到刘荣，她知道，她的母亲定会先嗤之以鼻，而后洋洋得意。历史上有四位封号"馆陶"的公主，而她的母亲，无疑是最引人注目的一个。作为大汉王朝的长公主、汉景帝唯一的嫡亲姐姐，她认为自己的女儿陈阿娇，是注定要当皇后的，谁是皇帝倒可以无所谓。

此时的阿娇早已经遂了母亲的心愿，权倾后宫，母仪天下。可如果母亲知道她此时的处境，知道她日复一日地在长夜里等待一个不会来的人，她该做何感想？或许，她不会有任何想法，对于她，皇后之位带来的荣耀要比女儿本身重要得多。

所以，许多年前的一天，馆陶公主从后宫出来时才会那样暴跳如雷。那天，她去找了栗姬，前太子刘荣的母亲。她不停地对着栗姬暗示，女儿阿娇已是豆蔻年华，貌美如花，足可以做太子妃了。如果阿娇知道母亲此去是替她求亲，她定会大闹一番：太子有什么了不起？如果喜欢她，自然会来提亲，如果不喜欢，就是跑去又有什么用？白白地让人看不起。

这就是阿娇同馆陶公主的最大不同，阿娇知道她永远比不上母亲，能屈能伸，为了目的不择手段。只要女儿能当皇后，谁还管这个位置是不是求来的呢。

阿娇是当朝皇帝的亲外甥女，论条件，简直就是太子妃的最好人选。可栗姬却真的没有把馆陶公主放到眼里，说实话，还对她一股子怨气没处发。为了讨好弟弟汉景帝，馆陶公主常常为他进献美女，这些女人搅乱着后宫的秩序，霸占着皇帝，让栗姬在不知不觉间就失了宠，难道她不该恨她？

好在儿子是太子，她什么都不怕了，谁还质疑她就是未来的皇太后？所以，她趾高气扬地对馆陶公主说了"不"，连拒绝的理由都懒得编来搪塞一下。只是，栗姬这次脾气耍得有点不是时候，或者说，简直就是一个错误，她错在不该对未发生的事抱有这么肯定的态度，更错在低估了馆陶公主。

此去碰钉子并未动摇馆陶公主的信心，反而让她更加坚定地认为，她的女儿一定要是未来的皇后。

这是不是说，只有娶了她女儿的人才有可能当皇帝？

大汉后宫，阿娇经常出入，常常是到各处问了安，再去王美人那里哄了刘彻玩。刘彻，是皇十子。那时候，阿娇无论如何也想不到，她日后会和这个在她膝上做耍的孩童有一生的纠缠。

在馆陶公主的眼中，却根本没有什么孩童与少年的分别。那天，她将刘彻拥在怀里，直指了周围女子便问，他长大了会中意哪个。刘彻想都没想，扭头就看向了阿娇。他用稚嫩的手比划着，以后若娶了阿娇，便盖一座金屋子给她住。

孩童幼稚的话惹得阿娇红了脸，也让馆陶公主无比满意。她与王美人一拍即合，为一对儿女订下了婚约，迅速得令阿娇有些不知所措。但是，她没有一点反驳的意思，因为母亲的话向来毋庸置疑。

许多年后，阿娇常想，那一天就是她一生的转折点。同样，也是大汉王朝的转折点。

皇十子刘彻被汉景帝封为"胶东王"，订亲过后，她便是王妃了。但是母亲常抚着她的手，好似安慰她：没关系，用不了多久，你便是太子妃了。

对于母亲的话，阿娇一直是半信半疑的，"立嫡立长"自来是祖宗的规矩，便是刘荣当不了太子，汉景帝十三个儿子，怎么也轮不到皇十子吧。所以，她平心静气看着母亲频繁地出入皇宫，不阻挠，

但也不抱什么希望。她唯一期待着的事，就是刘彻快快长大。

可是不久后，阿娇就发现她同所有人一样，低估了母亲。宫里的大事一件接一件传出，先是太子刘荣被废为临江王，而后栗姬被打入冷宫。在人们还未来得及对空出的位子做假设的时候，王美人就成了皇后，十几天后，刘彻被册封为太子。

那一年，刘彻刚七岁，还没有等到他长大，她已经由王妃变为太子妃了。

馆陶公主更加趾高气扬，连阿娇也难免被这种骄傲的情绪感染。她同以前渐渐有了很大不同，她开始真正享受高高在上的感觉。现在没有谁敢不把她们放在眼里了，连皇后都对她们毕恭毕敬，昔日太子和栗姬的下场，众人都是看到了的。

于是，她开始比母亲更加期盼成为皇后的那一天。

在以后许多漫长的黑夜里，是那天的回忆支撑着她度过最难耐的寂寞。那天，她挽着刘彻的手，看着百官朝贺，笑意盈盈。皇后的凤袍穿在她身上将她衬得比素日更加美丽与高贵。当然，她是没有理由不美丽的，一个女人，同时拥有了爱情和地位，即便无需修饰，也定有掩饰不住的光彩。

那天，她一直用余光偷偷地看着刘彻，昔日的孩童已经长成了英俊非凡的少年。她还记得多年前他"金屋藏娇"的承诺，那无疑是这段青梅竹马爱情的最好结局。

他当然履行了他的诺言，他牵着她的手走进了一座金碧辉煌的大房子，看着她喜极而泣的样子，他也陶醉了。

他已是人中之龙、上天之子，江山美人一样不少，还有什么理由不醉？

初做皇帝的几年，也不是事事顺利。要做一个有为的帝王，仅靠着"文景之治"留下的安宁是不够的。要超越前人，须得做前人不敢做的事。许多年前，汉代政论家贾谊就提出过富国强兵的改革措施，但汉文帝却因忌惮王公贵族的反对未敢实行。刘彻暗下了决心，迎难而上，"改正朔，易服色，建官制，重礼乐，更秦法以立汉制"。那一阵，惹得朝廷上下天翻地覆，列王公卿们的利益受损，直围了太皇太后窦氏抱怨，刘彻的处境可想而知。也多亏了阿娇同馆陶公主的多方周旋，才没有让这段"建元新政"成为一场动乱。他们从未过过贫寒夫妻捉襟见肘的生活，但那段艰难的日子，也称得上患难与共了。

从前，金屋就是她的天堂，可现在，却体味不到半点心跳的感觉了。不知从什么时候起，这里已经变成了一座牢笼，总是在人最落寞的时候，将无边的暗夜拢进来，绕得她躲也躲不开。其实便是能躲开，她也不能躲，因为这关乎一个最美丽的童话，逃开了，梦醒了，她又该去往何处？

她已经记不得他多久没有来这里了，因为无数的黑夜总是过得千篇一律，漫长又仿佛是转瞬即逝。在这些独处的时间里，她也想明白了一件事，那就是任何事情都是要付出代价的。她做皇后的那一天，其实是她美好爱情终结的一天，从那天起，她就必须学会分享。她要明白，皇帝不是她一个人的皇帝，他属于整个江山，也属于后宫所有的女人。这是她的悲哀，其实也是他的悲哀。

可是，知道了同放得下，又是两码事，所以他不来，亦是不敢来。他不愿面对她追根究底的盘问，他不忍心对她说，前几日不来是去了邢夫人那儿，或是去了李姬那儿。而且，他还有更加不能忍受的，是她时而露出的骄横的目光，仿佛时刻想要提醒他，不要忘记她和她的母亲为他做过的事。这无疑是对一个男人最大的羞辱，可是，他不忍心伤了她，那是他最初的爱情。

所以，唯一的办法，只有避而不见。

（二）

汉武帝的很多女人，都是在不经意间遇到的，因为有些人，只看一眼，便很难忘记。

卫子夫无疑就是这样的女人。

在阿娇还没有适应心平气和当皇后的时候，刘彻就早已经习惯了怎样享受数不尽的诱惑。况且，还有像姐姐平阳公主这样的人在时时指引。第一眼看到卫子夫，就是在平阳公主府，那时候她正在翩翩起舞。她从来也未被当成舞女中的佼佼者，同她舞着的就有十几个人，个个都是平阳公主精挑细选的，可自始至终，刘彻只盯住了她一个。

阿娇的美其实半分也不输给卫子夫，只是她的美是飞扬跋扈的美，压倒群芳，好看得不给人半分喘息的机会。而卫子夫，却是含蓄的小家碧玉，温顺、柔弱，好似清明时节的江南细雨，润物无声。无论谁见了她，总会突然觉得自己是个强者，而她就是你需要怜惜一辈子的人。

更何况，刘彻是真正的强者，如果她需要保护，普天之下还有谁能比他更英雄。

那天，刘彻走时，是带了卫子夫一道的。平阳公主笑得满脸开花，临上车前也顾不得从前的主奴分别，扯了卫子夫的衣袖，轻声道着：即贵，勿相忘。

平阳公主是皇帝嫡亲的姐姐，地位堪比昔日的馆陶公主。如今她放了身价如此待她，可见卫子夫此番进宫，定是前途无量。

麻雀要变凤凰，有时却并不能一步登天，此时的大汉后宫，依然还是陈阿娇的天下。对于卫子夫的入宫，阿娇表面不动声色，私下却悄悄派人查清了底细。

待被告知卫子夫的全家都在平阳公主府做奴役时，阿娇实在有些愤愤不平，如若是哪个王公贵族家的女儿也就罢了，怎么这样出身的人都能同她分得一杯羹？

女人就是总也理不清这样的矛盾，咒着男人永远找不到比自己好的，但要真是如此，却无论如何也咽不下这口气。

卫子夫不是那种激情似火的女人，这也使得刘彻对于她的流连忘返仅持续了不长时间。热情期一过，便是阿娇等待的时机。那天，阿娇亲口告诉卫子夫，她被贬为宫女了。看着高贵傲慢的大汉皇后，卫子夫连句反驳的"为什么"都问不出。与陈阿娇相比，她卑微得实在可以忽略不计。她本从未抱怨过自己低贱的出身，总觉这是上天注定，前世的修为，可那一次，她却哀叹，为什么人和人有时是天壤之别？她想起平阳公主对她说的：即贵，勿相忘，觉得惭愧，总是辜负了人家的期望。

当然，说完全绝望，也不真切，卫子夫的心里总还是有一点小的期待。她幻想着刘彻能够在日理万机的闲暇突然记起她，她脑海中常反复重现着他初次看她的眼神，那样的惊喜，他怎么这么快就忘了呢？

刘彻还是让她失望了，就像他经常令很多女人失望一样，并没有缘由，也无需为自己开脱。直到宫中传出裁减宫女的消息，他都再也没有记起她。昔日同他缠绵悱恻的，又不是只有一个人，他哪能人人记得那么清楚！

直到要离开的最后一刻，她才终于心灰意冷。就在她预备着要永远忘掉他，忘掉这座皇宫时，却远远地看到了他的身影。还是她梦中想了千万次的样子，她朝他飞奔过去，伏在他的肩膀上号啕大哭。那一场景，将周围的人吓了一跳，他们眼中的卫子夫从来都是神情淡然，不说宠辱不惊，但至少不会有这样激烈的情绪。其实，她从来不认为自己有放声大哭的权利，她这样卑微的人，只能逆来顺受，可是，那次她竟纵容了自己的放肆，仿佛一直以来的委屈，见到他便烟消云散了。

这眼泪不带有一丝埋怨的意味，竟将刘彻的心融化了，果然只有至柔才能抵得过至刚。

卫子夫又留在了未央宫，为了补偿对她曾经的忽略，刘彻将她的弟弟卫青也召进宫中，派了差事。当然，也是为了能让她有个依靠，他不在她身边的时候，让阿娇不至于太肆无忌惮。

想都不用想，这会多么触怒陈阿娇，已经被她打压下去的毫不起眼的女人，竟然重新站了起来，她不得不对她另眼相看了。

也许女人看女人，确实有一种天然的敏锐。后宫宠妃也不少，她偏偏就同卫子夫过不去。卫子夫出身低贱不说，论样貌，比不过邢夫人；论舞姿，也不及李夫人。何况又是自来低眉顺眼，天生一副忍气吞声的模样，可不知为何，阿娇见了她总是隐隐地不安。

令她更加不安的，还是听了卫子夫怀孕的消息，她连夜加急让人请了母亲来。这次，连一向临危不乱的馆陶公主也有些坐不住了，因为她知道，后宫向来是母以子贵，历朝历代，因无子而被废的皇后并不在少数。当然，凭她们同皇室的渊源，凭她们为刘彻做过的事，阿娇总不至于落得如此下场。但是，没有为皇帝生下一儿半女的人，将永远没有说话的底气，就是皇后也不例外。卫子夫生个女儿倒罢，若是生个男孩，她们可就彻底输了。

可是，要对付卫子夫，如今也不是那么容易了。在宫里，她还有个英武的弟弟，时时护卫着她。馆陶公主和阿娇决定，就先从卫青下手。她们自宫外找了几个武功高手将卫青绑架，准备处死。不料最后关头，卫青却被公孙敖等一帮好友救出，大难不死。

那是刘彻第一次对陈阿娇发如此大的脾气，他的眼里第一次有了厌恶的神情。他想不明白，这还是曾经的那个阿娇么？这个曾经与他青梅竹马、患难与共的女人怎么变得如此可怕，不让他有片刻安宁。他给了她高高在上的地位，对她和她母亲的骄横未有过半句指责，她还要他怎么做？如此下去，偌大的一个后宫该怎样放心地交给她。

我想，此时的刘彻并非没有作过最坏的打算，只是面对着一个于他有情亦有恩的女人，他还是狠不下心来。

于是为了气她，他加了倍地对卫子夫好，给卫青升了官职，将她的兄长卫长君召到宫中做侍中，就连因此事牵扯在内的公孙敖都得了不少好处。他们两个突然像回到了少时斗气的时候，殊不知气了对方，也是伤了自己。

卫子夫加封夫人的那一天，阿娇终于崩溃了。于是，她选择了一种最惨烈的方式结束痛苦。她想，或许永远不能相见，他才会将她思念，如果他还能因此而愧疚终生，那更是再好不过了。

梁上的一束白绫，怎么看怎么不像阿娇的行事，她是一个多么骄傲的人，区区一个卫子夫怎么会令她主动缴械投降？还是她投降的根本不是卫子夫，她只是用自己的全部去祭奠那一去不复返了的爱情。

被人救起，阿娇睁眼看到了母亲，馆陶公主眼里噙着泪，却没有一丝对过往后悔的意思。她一直反复说着安慰女儿的话竟是：留得青山在，不怕没柴烧。

很遗憾，阿娇不是馆陶公主，经历过一场生死，她半点也没有释怀。她还是延续她一贯惨烈的思维方式：你是我的，便只能是我一个人的。

那是历史上一出很有名的"巫蛊"案，她出宫找了巫师，造了桐木偶人埋在地下，咒的是他的名字。那个时代的人都深信，遭了诅咒的人，将必死无疑。

可是，她不是爱他的么？却为何要让他死。是的，她爱他，所以才让他死。只有他死了，她才能彻彻底底地安心。她不能完全得到的东西，是宁可毁了也不愿同别人分享的。

后世许多人不明白她这种自私而又强烈的爱，都当此举是为了保全皇后之位。她如若有这般心计，便会同她母亲一样，将事情计划得滴水不漏，又怎会立刻被人发现。

元光五年，刘彻以"巫蛊"罪名颁下诏书：皇后失序，惑于巫祝，不可以承天命。其上玺绶，罢退长门宫。

前朝后妃，即使有再大的过错，除了赐死便是打入冷宫，从未见过逐出宫外的。馆陶公主曾以姑姑的身份去求过刘彻，都无济于事。可见这次，刘彻是铁了心的。

（三）

大汉后宫从来没有像现在一样平静，已经没有了阿娇般分明的爱恨，每个人都安分守己地过着自己的日子。其实，她们的日子并不比昔日阿娇过得好多少，只是，大都能够心平气和。就像卫子夫，她对刘彻的爱也不是不强烈，只因向来得到的就很少，一点点便能让她心满意足。

只这一个优点，便足以让她在大汉后宫待得长久。

元朔元年，卫子夫为刘彻诞下长子刘据。继位十多年，才有了第一个儿子，刘彻的狂喜可想而知。尚在襁褓中，他就命人为刘据做了《皇太子赋》，意思再明白不过了。果然，卫子夫当即被立为大汉皇后，这也是卫氏家族兴盛的开端。

在大汉历史上，卫氏家族是不能不说的。自来外戚担当的多是虚职，赏官封侯不过是天子为博美人一笑。倒是经常引狼入室，像汉初吕氏，惹得人多少年都心有余悸。但卫氏家族却并非如此，卫子夫的生子封后的确是卫氏家族兴盛的起源，但它的持续辉煌，与卫家子弟的拼死沙场是很难分开的。

庭院静好，使刘彻更加安心地指点江山。自高祖刘邦开国以来，大汉国土屡屡受到北方匈奴骚掠，起初都是和亲政策，牺牲了倾国倾城的女子去附和匈奴可汗，当真是耻辱。所以，当匈奴族又一次兴兵南下时，刘彻派了李广、卫青等四位将领各率一万骑兵出塞迎击。结果，四路大军两路大败，一路无功而返，老将李广还被匈奴俘虏，日后费尽周折才得以逃出。只有卫青带领的队伍直捣龙城，杀敌数百。

那次战役被后世称为"龙城之役"，它打破了自汉初以来"匈奴不可战胜"的神话，长了国威，鼓了士气，当然也给了卫氏家族增添了不尽的荣耀。在以后的对匈奴作战中，卫青七战七捷，无一败绩。

卫青的功绩，一直被历代兵家仰慕，但他并不是卫家最出色的男儿。卫家的人，好像商量好了一样，轮了番地给汉武帝惊喜。

元朔六年的漠南之战中，卫子夫的外甥霍去病主动请缨，率八百骑兵斩敌两千余人，勇冠三军。那年，他才十八岁，却成了卫氏家族乃至整个大汉王朝最耀眼的新星。后世不知多少文人做诗称赞这位少年英雄，曹植著名的《白马篇》是为他而作，李白也有称赞他的句子：兵气天上合，鼓声陇底闻。横行负勇气，一战净妖氛。一直飞扬跋扈的匈奴人因他收复河西平原后，唱出了哀歌：亡我祁连山，使我六畜不蕃息。失我燕支山，使我妇女无颜色。

那是一个卫氏家族耀武扬威的时代，卫家的男子皆被封侯，卫青是长平侯，霍去病是冠军侯，连卫青的三个尚在襁褓中的孩子，都被加封食邑。当时，有一首歌谣是这样唱的：生女无怒，生男无喜，独不见卫子夫霸天下！

还有一件最具有戏剧性的事，是卫青娶了平阳公主，做了皇帝的

姐夫。昔日的卫家老小皆是平阳公主府的家奴，短短几十年，竟是天翻地覆的一个轮回，世事的无常，很难不叫人叹息。

外面发生的事，陈阿娇总是很久以后才知道，因为除了几个陪伴她的宫女，长门宫里很少有人走动，连母亲都不怎么去看她。馆陶公主是个聪明人，她知道大势已去，再执着也没有用处了。倒是年龄越大，越看透了生命的真谛，那就是及时行乐。所以，丈夫死后，她便同十八岁的美男子董偃，同食同寝，不亦乐乎。董偃本是馆陶公主的养子，年龄与她差了十万八千里，今人多猜测董偃有什么恋母情结，其实他们是各取所需罢了。

与母亲天壤之别的处境，更刺激了阿娇，或许还是因为执迷不悟，她做了一件实在不怎么聪明的事。这件事甚至扯进了另一个有名的男人，司马相如。他在当时虽已经名闻天下，但被后世津津乐道，还是因为两件事，一是与文君的月下私奔，另一个就是做了《长门赋》。

夫何一佳人兮，步逍遥以自虞。魂逾佚而不反兮，形枯槁而独居。言我朝往而暮来兮，饮食乐而忘人。心慊移而不省故兮，交得意而相亲。伊予志之慢愚兮，怀贞悫之欢心。愿赐问而自进兮，得尚君之玉音。奉虚言而望诚兮，期城南之离宫。修薄具而自设兮，君曾不肯乎幸临。廓独潜而专精兮，天漂漂而疾风。登兰台而遥望兮，神恍恍而外淫。浮云郁而四塞兮，天窈窈而昼阴。雷殷殷而响起兮，声象君之车音。飘风回而起闺兮，举帷幄之襜襜。桂树交而相纷兮，芳酷烈之闺闺。孔雀集而相存兮，玄猿啸而长吟。翡翠协翼而来萃兮，鸾凤翔而北南……

——《长门赋》

后世再也难见到像《长门赋》这样的文章了，替一个女人去求一个男人，而且还是这样卑微到了骨子里的求。什么"揄长袂以自翳兮，数昔日之諐殃"，什么"无面目之可显兮，遂颓思而就床"，这和一篇忏悔录有什么分别？

唐朝诗人崔道融有一首诗写得好：长门花泣一枝春，争奈君恩别处新。错把黄金买词赋，相如自是薄情人。昔日的凤求凰上演得那么轰轰烈烈，日后还不是移情别恋，这样薄情之人写的赋，能有什么好！还值花了千金去买。

司马相如若是个坦率点的男人，应该敞开了告诉阿娇，覆水难收，更何况是感情。莫说是用一篇赋，便是挖了心出来给他，又能如何？假若别人就是不屑一顾，哼着鼻子拂到一边，不是更下不来台！

不过，这篇悲着他人之悲的文章总还是真挚的，饶是看不太懂的人，也能生出些怜悯之情。刘彻不是没有被打动的可能，但也仅此而已。一个骄傲的女人为了情，自甘下贱，这样的感情太可怕，他是再也承受不起的。

就这样，到死她也没有再进过未央宫，没有再见到他一面。折腾了一辈子，史书上连个名字都没留下。至今别人叫她阿娇，还是因为那段"金屋藏娇"的旧事。

不知道临死之前她是不是还在怨着，其实有很多人她是可以埋怨的，譬如馆陶公主。馆陶公主是在两年前死去的，临死之前，竟连半句关乎女儿的话也没有提。她重复说的唯一一件事就是：死后将要与董偃合葬。将荒唐进行到底。这样的话，也只有馆陶公主能说得出口了，而且说得从从容容、理直气壮，是不是精彩？

（四）

那一年，已经是卫子夫当皇后的第三十八个年头了。以色侍人者，色衰则爱弛，刘彻早已经不再流连于她了。他也到了天人交战的年纪，留着有限的精力还得给那些前仆后继的新人们。

三十八年来，她丝毫也没有因为自己的地位和家族的荣耀而有半点骄横，反而总是小心翼翼、如履薄冰。她常常想起当年陈阿娇的结局，想着引以为戒，才能过得长久。

几十年如一日地这样收敛着，确实不是一件容易的事，但很遗憾，她坚持了这么多年，却功亏一篑。

征和二年，后宫又发生了一起巫蛊案，这次巫蛊案同陈阿娇那次一样有名，因为它的矛头依然指向了皇后，依然改写了大汉王朝的历史。只是这一次，却是因为小人的诬陷。可惜卫家的两个英雄男儿都是英年早逝，否则，那些兴风作浪的人不会不有所顾忌的。

刘彻也老了，凭他从前的英明，也凭他对卫子夫的了解，他该知道，这样的事绝对不是卫子夫会去做的。要是她有这样的野心，早便出手，怎么会等到现在？从前，她连没有的都不敢去争，如今该有的都有了，她还有什么理由冒这样的风险？可是，他就是太敏感，紧握着他守了一辈子的江山，连别人看一眼都要胆战心惊。

这样的父亲，怎么能不让儿子害怕？百口莫辩的刘据动用皇后宫中的车架捉拿作乱的宦官，却被当作了谋反。汉武帝亲临前线，用讨伐敌人的方式，去捉拿自己最疼爱的儿子。

宁可相信别人，也不肯相信自己的骨肉，刘据彻底绝望了。他拒绝投降，自缢而死，用一种最悲壮的方式，表达了他无声的控诉。我想，这应该不是刘彻希望看到的结局，这个倾注他最多疼爱的长子带着对父亲的怨恨死去，是一件多么悲哀的事情。纵使还有很多儿子可以替代刘据的位置，但这绝对是刘彻永远的遗憾。

刘据死了，卫子夫就不得不死了。何况，她活得已经够长了，她该给后宫其他的女人让位了，就像当年陈阿娇给她让位一样。

而后，钩弋夫人替代了她，这是刘彻曾一度异常喜爱的女人。三年后，这个女人却被他赐死。这也是刘彻临死前，为守了一辈子的江山做的最后一件事，为了避免未来莫须有的外戚专权、母后专政的局面，他杀死了这个毫无过错的女人。

大汉的"子贵母死"从那时起，被后世好些朝代学了去，悲剧一旦开始，就不知何时才能够停止了。

……

都觉后宫三千美色，已经极尽奢侈，但刘彻的后宫一度达到万余人，纵使他的爱海水般深，每个女人分得的也不过是区区一瓢。当然，弱水三千，也可只取一瓢饮，只可惜，刘彻并不是那样的男人。或许也是因此，才有了大汉盛世，才有了"秦皇汉武"的盛名。

两个生前水火不相容的女人，我执意做了一处说，只因她们为了一个男人，殊途同归。长门怨，其实是大汉后宫许多人的怨。每一个女人，都有无数的理由恨这个男人，她们给了他各式各样的爱，有的激烈似火，有的温婉如水，但不管怎样，至少都是真心实意的吧，而他给了她们什么呢？他随意挥霍着她们的爱，甚至剥夺她们生的权利。我知道，到死他一直是忏悔着的，他对每一个女人说，如果有可能，我宁愿只爱你一个。所以，因为他的无奈，便不忍再对他指责什么了。

只要你要，只要我有。

这种命中注定的劫，又该怎样闪躲呢？

短歌微吟不能长——甄洛

（一）

一向对着那个年代的女子，不由自主地心生怜悯。男人你争我夺的乱世里，她们连个配角都算不上，充其量，不过是素绢长卷画上一两笔零星的点缀，有了算是锦上添花，没有也无人会计较。最可惜的是，这样的境遇，已经根深蒂固到没有人去试图反抗。也是，连那弘毅宽仁的刘皇叔都说过"兄弟如手足，妻子如衣服"，如若不用逆来顺受去维护本身已岌岌可危的地位，怕是只能被弃若敝屣了。

所以，总是很难去首肯那些所谓的乱世英雄情，他们于金戈铁马、指点江山的闲暇，消费了貂蝉的闭月羞花，孙尚香的剑胆琴心，大乔小乔的温婉可人，这些烽火缠绵再怎么渲染，也算不到"情"字的头上去。如果，执意要寻得一段寄予，那么，只有甄洛，算是还有一段可圈可点又可叹的过往。

甄洛的祖上是东汉宰相甄邯，父亲上蔡令甄逸死时，她才三岁。

作为甄家最小的女儿，她可谓备受关注，行动总有人瞩目着。尚在襁褓中时，就有乳母跑到甄夫人面前，啧啧称奇道，半夜凉气袭来时，总见有人自空中将玉衣盖在甄洛身上。甄夫人起初不信，只当是下人们阿谀，可当不得人人这样说，便等到了晚上亲自观察，果真如此。

再看女儿时，甄夫人便多了几分心思，越发觉得她眉眼不似常人。她听说名相士刘良来无极小住，便差人重金请到了甄家，为几个子女问一问前程，顺便将甄洛玉衣披身一事探个究竟。

刘良将甄家兄妹七人细细看了个遍，最后看到牙牙学语的甄洛，遂大吃一惊，对着甄夫人直言道，此女日后定贵不可言。

就这样，甄洛过早地被打上了"与众不同"的印记，日后渐渐长大，行事也就很自然地不同寻常了。八岁那年，街上来了骑马戏耍的一队人，听见敲锣打鼓声，甄家兄妹纷纷奔出去瞧热闹，唯独甄洛端坐房中，岿然不动，不受半点干扰。大哥甄豫看戏归来，问她为何不去同乐，她却厉声反问，这难道是女子该看的东西？

闲来无事时，甄洛不是捧着书读，就是拿哥哥的笔砚习字。有人告诉甄夫人，甄洛有过目不忘之能，倒惹了她烦忧。对女子，自来都是重德不重才，况且如甄洛这般美貌，舞文弄墨，一旦挑动了邪心，就再不能安分守己。一次，她玩笑似地问甄洛，日后莫不是想做"女博士"？甄洛知道母亲用意，遂正色道，古者贤女，都是学前世成败，引以为戒而得修身，不读书，又如何知道这些呢？

甄夫人也是通情理的人，她细细思索了甄洛的话，想着确实有几分道理，既然女儿是个命中注定的大贵之人，必不能以寻常女孩的规矩束缚。于是渐渐放开手去，由着她自己的本性做事。

中平元年的那场黄巾军之乱，一直延续了将近十年，朝廷用尽了浑身解数，甚至不惜将权力下放给各地方官，方才将农民起义军压制了下来。可是，借着围剿黄巾军而大量招兵买马的各地强豪，开始不

安分了。那年，凉州军阀董卓入宫，不但鸩杀何太后，专制朝政，还到处剽掠财物、残害百姓，京师人人自危。

金钱并非万能这句话，在战乱当头之时，往往体会得最为深切。没有人愿意怀抱珍宝而饿死，所以拿千金来换得一斗米，也不是没有的事。

甄家是当地巨富，粮仓一直充盈，供自家消费绰绰有余。于是，家族便有人打起了高价卖粮，收敛金银珠宝的主意。这确实是个积累财富的好方法，刚开仓卖粮几天，就收获颇丰，惹得甄家上下都恨不得将粮仓门全打开，把能揽的财都揽了来。

唯独甄洛为此事忧虑了好些天，她气家人如何眼窝子这样浅，只为得几分蝇头小利，就这样不计后果。如此乱世，大户人家都恨不得关起门来以求自保，怎么敢这样大张旗鼓地敛财？就是没有招引来强盗匪贼，惹了当地人妒恨，再起什么非分之心，后悔就来不及了。

家族大事，本不是一个孩子能去多言的，可甄洛站在粮仓前，将门关闭时，那种凛然的姿态，使得没有一个人敢上前阻挡。况且，她的理由有理有据，本身也无可辩驳。

倒是族中的几个老人，羞愧难当，自认为历经沧桑，透彻人世，遇到大事，反而不如一个小女孩。好在他们能够及时改悔，那一天，甄家的粮仓重新打开，将大半粮食都拿来接济邻里，广施恩惠。一时间，甄家的德行在当地传为美谈。

人的命运有时真像已经装订成册的书，便是你不想一页一页地翻，跳到最后去看，也会恍然大悟，所有机缘因果都是早契合好了的。甄洛身上"贵不可言"的预言同她懿德不俗的行事很难说哪个促成了哪个，或许就是所谓相辅相成吧。

甄家所在的无极县，在冀州的治内，冀州牧本是韩馥，后被袁绍用计取而代之。随后的几年，袁绍势力扩张极为迅速，他先后击败了公孙瓒、孔融、张燕等人，同时掌控青州、冀州、幽州、并州四州，称霸一方，为当时最强的割据势力。

袁绍最宠爱的是后妻刘夫人，转眼，刘夫人所生的次子袁熙就到了适婚之龄。袁绍挡不住她每日的聒噪，只得立即派人去往各州郡，将当地的名门闺秀报上名来。

甄洛就是这个时候，为袁绍所知的，她的品貌德行，根本无需夸张半点，便足以打动人心。然而，最令袁绍看重的，却并非是她的知书明礼，贤淑大度，而是相士刘良的那句"贵不可言"的预言。

在自己的地盘上，此一个日后"贵不可言"的女人，如果落到了别人手里，不是生生长了他人威风，影响了自己的霸业？

所以，根本无需再做任何斟酌，他立即派人前往甄家，为袁熙提亲。

甄洛出嫁的那天，风光无限，迎亲、送亲的队伍，都是一眼望不到边的。当然，最热闹的，还是围观的人群，他们的窃窃私语，到了最后，竟变成了面红耳赤的争论。他们对甄洛的未来，进行了无数种假设，但大都殊途同归。在他们眼中，强势的袁氏家族是注定要问鼎中原的，一旦袁绍做了皇帝，甄洛不就是王妃？便是袁熙日后继承了皇位，她一不留神成了皇后也是大有可能。

就是这些听着叫人信心百倍的闲言碎语，让甄夫人来不及去体味嫁女儿的失落，就沉浸在对日后的期望中。就连一向持重的甄洛，也不能免俗地动了心，仿佛那光耀门庭的时刻，就在眼前。

直到真正到了袁家，熟识了丈夫，熟识了大家族那些复杂的事，甄洛才发现，对她未来的那些猜测是多么不切实际。袁绍三个儿子，袁熙原来是最不受重视的一个。长子袁谭，是礼法上立嗣的最佳候选人，但袁绍最喜欢的，却是刘夫人所生的幼子袁尚。袁谭占据天时地利，袁尚貌美聪敏讨人喜欢，唯独袁熙，不尴不尬地被夹在中间，似乎没有半点出路。

　　或许是一直以来被忽略的状态，造成了袁熙沉默寡言的性格。他第一眼见到美丽沉静的甄洛，虽然也是狂喜，但除了脸红，半点也看不出内心的波澜。倒是甄洛，常被他一言不发的样子逗笑，继而便有些同情他，她知道，其实隐忍，并非他的本意。

　　倘许是先天个性所异，袁熙便是怎样努力，也总不能像弟弟袁尚一样，轻而易举地就能讨得父亲欢心。或者，他也不像甄洛，一入袁家门，就能获得刘夫人的认可，博得全家上下的喜爱。

　　都当甄洛性情自来随和，这是理所当然的结果，却不知她暗地里下了多少努力。她好像憋着一股劲儿，想替袁熙出头，替他挣回别人的赞誉。

　　袁谭与袁尚的夫人，也都是世家小姐，然而风头却无法同甄洛相比。那时，"江南有二乔，河北甄氏俏"这句话，天下人人皆知。

　　袁熙怎能不知甄洛为他而做的努力，他更知道，最重要的是自己要强大起来。此时，正逢袁绍派他去镇守幽州，这也是个绝佳的机会。

　　新婚伊始，他当然不忍分别，刚想请命于父亲，带甄洛同去，却被甄洛一口拒绝了。她当然不是无情，只是做了更理智的考虑。刘夫人需要她的陪伴和照顾，何况，袁谭也去镇守青州了，袁绍身边只留了袁尚一个，这种显而易见的偏袒让她更要坚定地留在大本营，好有所照应。

　　甄洛不是一个热衷于权术的人，她所做的一切，不过是想尽力弥补命运对于袁熙的不公，使他不再忧郁。袁熙对着善解人意又深明大义的夫人，又一次心生感激，他暗暗下了决心，要做出一番大事，将自己证明给她看。

　　然而，命运却又一次偏离了他的期待，这样的机会，根本没能给他。

（二）

自建安元年，曹操挟持了汉献帝到许昌，而后又以"奉天子以令不臣"的名义讨伐了袁术之后，袁绍对他的忍耐力就已经到了极限。虽然，灭了吕布，取了河内郡，曹操势力已经控制了黄河以南，淮、汉以北的大部分地区，同袁绍南北对峙，但是，他的实际兵力和袁绍相比还是逊色不少，难怪袁绍一点也没有将他放在眼里。

建安五年，袁绍正式发布讨伐曹操的檄文，并率十万大军进攻黎阳，开始了史上著名的"官渡之战"。

这场战役之所以有名，想来也是因为结果太出人意料，先前都道曹操以区区两万兵力抗衡袁绍十万大军，实在是以卵击石，可是，最终惨败落荒而逃的却是袁绍。

袁绍应该至死都不能释怀这场令他丢尽了脸面，大伤元气的战斗，但许多事都是有因有果的，他如果不是好谋无断、猜疑嫉妒，也不会这么快一败涂地。

他死后，那卷土重来、一雪前耻的夙愿，就落在了几个儿子身上。然而，这个时候，他们却在自相残杀。袁谭为了同袁尚争夺继承人的位子，竟然引来曹操做救兵。

这是太愚蠢的饮鸩止渴，曹操什么时候这样心甘情愿地替旁人处理过家事？他的居心叵测，已是路人皆知。

邺城被围的时候，刘夫人身边的人都四处逃散，只剩了甄洛一个。她早就做好了最坏的打算，因为她知道，逃是根本逃不掉的。袁熙远在幽州，袁家又树倒猢狲散，她们的命运已经全然掌握在了曹军手里。

邺城被攻破，远远地就听到一群人涌进了袁府，甄洛与刘夫人相拥而坐，都想自对方身上获取些许面对现实的勇气。内室的门终于被人撞开，几个手持利刃的兵士正要上前拉扯，却被一句"不得无礼"的低呼声呵斥住。

刚才还是凶神恶煞的人，此时都已噤若寒蝉，甄洛这也才敢抬起头，看看突生的变故。

从屋外走进来的曹丕，并未穿盔甲战袍，只是寻常的一身黑衣，握一把玄色的剑。他给甄洛的感觉，根本不像一个久经沙场、耀武扬威的将军，这也使得她紧绷着的神经渐渐松弛下来。

曹丕向前施礼时，轻轻地把剑放在了身后的案几上，这或许刻意的举动产生了绝好的效果，甄洛的心蓦地一动，一股暖意就涌了上来。

直到曹丕自报家门，甄洛才知道，眼前的这个少年将军，正是曹操的二公子。他称她为"袁夫人"，惹得她黯然神伤，这朝不保夕的乱世，那个最应该保护她的人却没有在她身边，刚才的紧急关头，还是这个素不相识的人庇护了她的尊严。

这些所思所想，曹丕当然不了解，他看她有些不快，忙令所有的人都退出屋外，自己也转身施礼告退。甄洛听得他悄声对外面守护的人叮嘱，不得随意入内，违令者军法论处。

一切好似又回归到了原来的平静，消除了性命之忧的刘夫人长舒了一口气，对曹丕赞不绝口。甄洛随声应和着，却显然有些心不在焉。

可能这就是对未知事物的莫名感应，她的命运确实在那一天骤然改变。走出袁府的曹丕立即去求见了父亲，要求娶甄洛为妻。

只见了匆匆一面，就做如此重大的决定，许多人定然会疑惑不解，但是曹操却没有。他知道虽事发突然，但曹丕一定是经过了深思熟虑的。甄洛之名，他也是久闻，现在看来，应该是名不虚传的。

曹操当即准了儿子的请求，半点没有含糊。一旦认定是自己的东西，就会不顾一切地争取到，这是他最喜欢曹丕的一点。

仅仅半天的工夫，甄洛就再也不是袁夫人了，很难有人能够猜测到她此时的心情，但至少了解，许多事情不是她能够选择的。好在曹丕同她，有一个不错的开端，他一袭黑衣，英姿飒爽的身影在她心中，是一个温暖的象征。

当然，甄洛真正被迎进曹府，也不是一帆风顺的。曹丕欲娶甄洛的事一传开，就有许多人反对。其中最激烈的，是孔子的二十世孙孔融，他写给曹操的信中有一句话是"武王伐纣，以妲己赐周公"。这是太显而易见的讽刺，曹操怎么能不知，但他还是装作不解其意，替曹丕挡了回去。

将甄洛比作祸国殃民的妲己，实在也是冤枉她了，至少她从未做过助纣为虐的事。众人反对，实际只是替曹丕觉得不值，纵使她就是天仙般的美貌，做个把玩的小妾便罢，那正室夫人的位子还是得留给那些个身世清白的女子。

曹丕的生母卞夫人，护子心切，一直替曹丕辩解着，但私下也免不了嘀咕，女人太美，总是一种罪过，几个人能有好下场。

所有这些质疑的声音在甄洛嫁进曹府后，戛然而止。并不是因为反对已经无用，而是甄洛天生有种服帖一切的本领。她做事从不张扬，可所有的人都知道她的明礼贤惠、进退有序，就连一向治理家事甚严的卞夫人都不止一次地在曹操面前称赞她。

此时最得意的人，当然是曹丕，他第一眼见甄洛，就认定了她，而她果真没有让他失望。

有这样一个堪称完美的人比着，难怪曹丕的小妾任氏整日心情烦闷。先前，她也是掌上明珠似地被曹丕捧着，可为什么甄洛一来，她就横竖入不了他的眼了。

新人笑、旧人哭，有时只是纯粹的自寻烦恼，并不是处境真的有多么差，只是人人都见不得旁人的好。喜新厌旧对于男人本就是再寻常不过的，何况又是曹丕这样的少年英雄，公侯之子。当初，娶进来便是妾，早就算开诚布公地挑明了，以后还会有源源不断的人来，怎么还是看不开？

一个男人对女人的眷恋，通常源于爱和怜惜，哪怕那蚀骨销魂般强烈的爱淡了，若还有一丝怜惜尚存，这段情总还是有药可救。只需习惯略微清汤寡味点的生活，也能换得长久。没准将来有一日，在花团锦簇当中周旋得累了，蓦然回首，瞥见孤灯下的一行清泪，还能顿时领悟，从此定下心来。

可惜，这些看似简单的事，却不是每个女人都能想得通。任氏从前便很有些脾气，只是盛宠之下，都担待着，不太显出来，而今愈发变本加厉，谁还能忍受得了！

曹丕为了任氏的忤逆、骄横、屡屡发脾气要遣她出门，每次都是甄洛劝下来。任氏不但不领情，反而常寻衅滋事地到处编排她。知晓的人都觉甄洛忍让得过了头，其实她也是为自己的声名着想，不了解实情的人毕竟还是多数，一旦任氏被逐出门，少不得给她安个特宠好妒的罪名。

然而曹丕做事，是很难有人能左右的，任氏又一次撒泼以后，他不顾甄洛的跪地求情，将她赶出了曹府。

虽然的确是忍无可忍，但甄洛还是觉得曹丕有些无情，一朝亲昵过的人，原来也会有这样的下场。可是，她转念一想，要论无情，还有谁比自己更无情？邺城被攻，她苟且偷生不算，还转侍二夫，做了仇家的儿媳。

这些纠结都是越理越乱的，既然已经选择了现在，只能狠下心来与过去一刀两断。每一个人都有向往生的权利，礼法不容，但人情可谅。

她本也还一直留心着袁熙的消息，辗转得知他已同袁尚远走乌桓，但儿子曹睿的出世，牵扯了她全部的精力，也使她借此逃离了所有不堪。再听到袁熙的事，已经是两年后了，辽东太守公孙康拿着袁熙、袁尚的首级前来归顺曹操，也算是替她斩断了前缘。

后世女子纷纷效仿她的"灵蛇髻"，应当也是那段安然岁月里去细细盘缩的，无拘定型，每日随心梳绕，不说也知是源于一种闲情。

极美之人，又恰好能腾闲出爱美之心，并不是一件容易的事，也许在她一生中，仅此一时。

（三）

史上公侯之家，再寻不出似曹家这般，父子三人不但皆为马上英雄，且都文采斐然。这文，并非是比划几个字，吟诵几首诗的雕虫小技，个个拿出来，都是能傲立文坛的。

有时候文人相轻，是因为难较高下，但曹丕对于弟弟曹植，却是一种难以言说的复杂情绪。先前只是叫作不甘心，而后，却不得不说是嫉妒了。

建安十五年的冬天，"背倚漳水，虎视中原"的铜雀台终于落成，完工之日，曹操大宴群臣。

人生得意之时，怎么能够对酒无歌？登上台后，曹操当即命曹丕、曹植各做一赋。这显然也是想着在众人面前，炫耀二子的才华。对于曹丕与曹植来说，更是一个绝好的讨好父亲的机会。

一场欢会，也是一场意义重大的博弈，曹丕当然要使出浑身解数，他思索片刻，提笔即成：

登高台以骋望，好灵雀之丽娴。飞阁崛其特起，层楼俨以承天。步逍遥以容与，聊游目于西山。溪谷纤以交错，草木郁其相连。风飘飘而吹衣，鸟飞鸣而过前。申踟蹰以周览，临城隅之通川。

意境悠远，文辞考究，是一篇毫无疑问的佳作。众人齐声喝彩，曹操也频频点头。曹丕得意不已，转头看向曹植时，他刚写就放笔。

从明后而嬉游兮，登层台以娱情。见太府之广开兮，观圣德之所营。建高门之嵯峨兮，浮双阙乎太清。立中天之华观兮，连飞阁乎西城。临漳水之长流兮，望园果之滋荣，仰春风之和穆兮，听百鸟之悲鸣，天云垣其既立兮，家愿得而获逞。扬仁化于宇内兮，尽肃恭于上京。惟桓文之为盛兮，岂足方乎圣明！休矣美矣！惠泽远扬。翼佐我皇家兮，宁彼四方。同天地之规量兮，齐日月之晖光。永贵尊而无极兮，等年寿于东王。

诗词歌赋有时是不能放在一处比的，各自拿开来，都是翘楚，搁了一起立分高下，就是一件太尴尬的事。刚刚给曹丕喝彩的众人，听了曹植的赋，竟都鸦雀无声。就连曹操也翻来覆去地回味着，仿佛不能相信这篇绝美脱俗的文章是出自一个刚满二十岁的少年之手。

那是甄洛第一次看到曹丕如此挫败失落的样子，提到曹植，他简直有些气急败坏。不怪甄洛有些不屑，一篇文章而已，还值得这样计较，何况还是一母同胞。

如果不是自家亲人，倒还罢了，好坏不过是一时的情绪。两兄弟暗地里较劲的，当然不是一篇文章，而是在父亲心目中的高下之分。

都知道，偌大的一份家业，日后交给谁去执掌，就在于平素一点一滴积累的直觉。

甄洛当然不会去想这些，昔日袁家兄弟争斗的悲惨下场已够令她触目惊心了。她现在只是感叹曹植，她想起与他接触最多的时候，是刚嫁进曹家，那时他只是一个十三岁的孩子，转眼间，竟成了令曹丕都嫉妒的文武俊才。

时光是能造化一切的，包括人的心情，昔日曹植看甄洛，还只是孩童仰视的眼光，而今若再见面，才是真正的男人去看女人。

那一年，曹丕被封为五官中郎将、副丞相。心情大好的他一连多日宴请宾朋，刘桢等建安七子们都是座上常客。文人相聚的地方，当然少不了曹植，虽然曹丕极不愿与他同席，却也不得不维持面上的客套。

那次，正饮到极兴，有人借着酒兴向曹丕感叹：夫人美貌天下无双，只惜无缘一见。众人都怪此人无礼，不想曹丕却毫不介意，当即命人请出了甄洛。

那些倾国倾城的女人们，本都是不能轻易示人的，"藏美"就相当于"掩才"，都是才子佳人们需得小心翼翼的地方。一旦不当心，让它们溢出来，就难免不生事端了。

自甄洛从内室走出，到与众人施礼，刘桢的视线就没有离开过她的脸，日后他遭曹操惩戒，此事占了大部分缘由。当然，盯着她看的远不止一人，曹植算一个，只不过却是另一种明目张胆的看。

他当然不是初次见她，可如今在人群里，随着众人重新去看，却又是另一种感觉。想来甄洛也是一样，看着人群里唯一熟悉的面孔，却又无法同过去的影子重合在一起。

再有宴会，曹丕不叫，曹植也硬着头皮奔了去。旁人一醉方休，他却小心地保持着清醒，他不希望甄洛再出现时，他醉眼迷离地将她看不清晰。可是，曹丕又怎么会犯第二次错误，再拿她出来招摇？众人眼里的惊艳，是纯粹的羡慕，而曹植，却是分分明明的执着与欲望。

朝思暮想着一个不能接近的人，最是销形毁骨。直到那年七月，曹操西征马超，曹植一直都是恍惚着，似病非病的样子。然而曹丕奉命留下监国，无人照料从军的卞夫人，他就只好一同前去了。

> 在肇秋之嘉月，将耀师而西旗。余抱疾以宾从，扶衡轸而不怡。虑征期之方至，伤无阶以告辞。念嗣君之光惠，庶没命而不疑。欲毕力于旌麾，将何心而远之！愿我君之自爱，为皇朝而宝己。水重深而鱼悦，林修茂而鸟喜。

曹植是文人，又是一流的文人，对万物敏感本是应当，可这首《离思赋》，却有些敏感得太不加掩饰。"我为你寝食难安、百结愁肠，临行远方，却无法同你执手相望。父亲的深恩，我理应全力报效，可是对你的思念，该如何让它渐行渐远？"

这样的明目张胆，自然令许多人惊慌，有人替他掩饰，声称此感慨是因不舍离别兄长而发。真正的意思，曹丕当然很明白，但为了名声，却不得不忍气吞声地担待着。

从军途中，卞夫人染了一场大病，甄洛听说后，一直为她担心。大军战败马超，班师回城时，甄洛执意出城迎接卞夫人。只可惜，一片孝心却惹了曹丕狐疑，他怎么看怎么觉得她急切得有些反常，要知道，卞夫人身旁就是守护的曹植，那会不会是她真正想要见的人？

那一天在城门口，他远远地就看出曹植极力压制住的冲动，可是身旁的甄洛自始至终都是端庄矜持的，让他挑不出半点不是。

曹丕强压着怒火，曹植隐忍着情感，只有甄洛不动声色，三人这样的状态，一直持续了许久。直到曹植又一次随军征讨孙权，他还是将无尽的相思寄予一首首的诗赋。这次，或许是有心收敛了些，如"寻永归兮赠所思，感隔离兮会无期，伊悒郁兮情不怡"！这般动情的句子，他小心地隐藏在那些看似无关紧要的诗里，可是，在旁观者看来，依旧是一目了然。

曹丕还是压制着，不曾真的动怒，他当然不是大度，只是此时的全部精力还需要处理一些更重要的事。曹操已经被封为魏王，立嗣之事早就反复在斟酌着。长子曹昂死后，曹丕占了尊长的先机，可是谁都知道，曹操最喜欢的却是曹植。

曹丕周围笼绕的是司马懿、吴质等重臣，但到底算是外人，有时心中所思并不敢轻易说出。此时，最有能力为他出谋划策，又让他放心的人，只有甄洛。

可是，有袁家兄弟的前车之鉴，甄洛怎么会参与到这些骨肉相残的阴谋中，何况，还是去算计那个待她一片深情的人。

曹植对她的情，她一点不漏地默默收着，但也仅此而已。她的生命中已经有了一个男人，于情于理，便再难回应他了，这是不可改变，也是她不想改变的事实。

然而曹丕对这些，并不明了，她不偏不倚的态度，只令他寒心。她虽自始至终未有替曹植说过一句话，但在他眼中，这就是分明的袒护。

一个男人，永远都不会放下对功名的追逐，然而这条斗争之路，会异常艰难。郭女皇就是在曹丕最需要慰藉的时候，适时出现，这是真正的雪中送炭。

郭女皇是婢女出身的小妾，论才论貌都难以同甄洛相比，但是，在那段协助曹丕争夺世子的日子里，她却轻轻松松赢了他明媒正娶，有十多年情感的妻。

曹丕与曹植的最大不同，是大事面前，可以隐藏起所有的情绪，使出一切手段。而曹植，常常是文人的感性当头，任性而为。所以，他的失败，也是注定的。

对于曹植来说，建安二十二年冬天的寒，是刻骨铭心的。因为，曹丕被立为魏王世子，这表示，他已经彻头彻尾地失败了。凭他对曹丕的了解，他知道，从前安逸的日子将一去不复返，而那个令他时时念着、不舍忘记片刻的女人，将会更加远离他的生活。

然而，他不知道，一去不复返的，还有甄洛的从前。

当有一天，郭女皇以一种漫不经心的姿态站在她面前的时候，她突然意识到，这个女人同曹丕一定有了最不同寻常的关系，他已经可以作为她的后盾，让她傲然在所有人面前。

甄洛并没有怎么觉得悲哀，她想她做新人已经够久了，就平心静气地当个旧人，日子也没什么过不下去的。

当然，她心甘情愿的前提是给她足够的尊重，这其实又有了更广的含义，也许还要包括不离不弃，包括名分。

三年后，曹操死于洛阳，曹丕继位为魏王。不久，他更迈出了父亲终生都未敢迈出的一步，代汉称帝，改国号大魏。

曹丕登基的那一天，邺城竟有许多人忙不迭地同甄洛告别，好似她当即就要被迎去洛阳，册封为后。在所有人看来，这就是早晚的事，她自入了曹家门，正室地位就从未动摇过，况且又是儿女双全，还有什么悬念！

她嘴上谦逊着，但心下早也觉得这是顺其自然的事，于是，她安心等着，却越等越慌张。她突然发现，早先曹丕带了郭女皇去洛阳，已是为今日埋下伏笔了。

（四）

蒲生我池中，其叶何离离。

傍能行仁义，莫若妾自知。

众口烁黄金，使君生别离。

念君去我时，独愁常苦悲。

想见君颜色，感结伤心脾。

念君常苦悲，夜夜不能寐。

莫以豪贤故，弃捐素所爱。

莫以鱼肉贱，弃捐葱与薤。

莫以麻枲贱，弃捐菅与蒯。

出亦复苦愁，入亦复苦愁。

边地多悲风，树木何翛翛。

从君独致乐，延年寿千秋。

——《塘上行》

这是甄洛唯一传于后世的诗，而今读来，总觉与印象中的她大相径庭。没有人不允许一个女人倾心意、诉衷肠，可是，对于一个绝代佳人，总希望她清眸中噙着的泪，能留到转身过后再滴下。

这首诗也是被当作了一封信，送到洛阳皇宫的，可是，此时的曹丕倚在郭女皇身边，不慌不忙地展开信笺，竟从这情深意切中，看出了愤怒。

向来矜持的甄洛确实不曾向曹丕求过什么，这是第一次，破天荒求了他的情，却被当作了抱怨与胁迫。他冷笑着，将信撕碎，想着她不过是惦记着那皇后的位子罢了，可是，当初他为着皇位去艰难努力

的时候，她又在哪里？

那些帷幄之间的争斗并不亚于一场场嗜血的残杀，陪他一路走来，与他患难与共的人是郭女皇，也是最有资格做大魏皇后的人。他握着她的手，好似在安慰她，莫说是一首诗，就是所有的人都为甄洛求情，他也自有主张。

"忧来思君不敢忘，不觉泪下沾衣裳。援琴鸣弦发清商，短歌微吟不能长"，一直以为，能将人心体味得这样深入细腻的人，如若必须绝情，也不会狠心到了如此疯狂的境地。然而，宫人送去邺城的那杯毒酒，确是曹丕钦赐的，他甚至没有给她一句解释，一句留恋的话。

不知酒入愁肠的那一刻，她有没有叹悔，早知如此，当初还不如就应了曹植的情，轰轰烈烈地爱一场，至多也是这般结局了。

可是，她不知道，曹丕早已将对曹植的怨恨一并发泄到了她的身上。死后下葬，她遭"被发覆面，以糠塞口"，那是由怎样的爱所生的恨，至死都不能够原谅。

　　……于是屏翳收风，川后静波。冯夷鸣鼓，女娲清歌。腾文鱼以警乘，鸣玉鸾以偕逝。六龙俨其齐首，载云车之容裔。鲸鲵踊而夹毂，水禽翔而为卫。于是越北沚，过南冈，纡素领，回清阳，动朱唇以徐言，陈交接之大纲。恨人神之道殊兮，怨盛年之莫当。抗罗袂以掩涕兮，泪流襟之浪浪。悼良会之永绝兮，哀一逝而异乡。无微情以效爱兮，献江南之明珰。虽潜处于太阴，长寄心于君王。忽不悟其所舍，怅神宵而蔽光。

　　于是背下陵高，足往神留。遗情想像，顾望怀愁。冀灵体之复形，御轻舟而上溯。浮长川而忘反，思绵绵而增慕。夜耿耿而不寐，沾繁霜而至曙。命仆夫而就驾，吾将归乎东路。揽騑辔以抗策,怅盘桓而不能去。

——曹植《洛神赋》

定是因许多人读不懂这首至纯至殇的哀歌,东晋顾恺之才又画了那幅《洛神赋图》,让人比照着去想,去动情,去缅怀。然而,如若没有经历一番心潮涌动、柔肠寸断,又怎么能够读懂这段传奇,明了他们的心甘情愿与无可奈何?

所以,还是不拿浓墨重彩去渲染了,洛水旁,一步一哀的曹植已然用这千古绝唱,将此段情草草埋葬,再述,便是赘余。

还有,洛阳皇宫里的魏文帝与郭皇后,也莫要追问了,他们有着大好河山,有着自己的悲喜交集,早已与匆匆的过往无关了。

而纸上这经年的支离破碎,怕是再也黏合不起来了,延续在风云乱世里的心情,本就是说不清,道不明的。

许多情,不叫爱,是因为义无反顾,却遭无尽的岁月碾杀;许多爱,不叫情,是因为笃定虔诚,却在活着的执拗里被亵渎。

一片幽情冷处浓——冯润

（一）

> 桃花羞作无情死，
>
> 感激东风。
>
> 吹落娇红，飞入窗间伴懊侬。
>
> 谁怜辛苦东阳瘦，
>
> 也为春慵。
>
> 不及芙蓉，一片幽情冷处浓。

——《采桑子》

读这首纳兰词，总会想起一个不相干的人。冯润，这个被世人道作冷情冷心的女人，当我读到"一片幽情冷处浓"时，突然明白了她。

幼时，家人都称呼她的乳名"妙莲"。周围的鲜卑族姑娘无人用如此秀婉的名字，于是她常觉得诧异。她曾问母亲常姬，为何以她喻莲。母亲告诉她，莲花是世上最美的花。初到洛阳，她抬眼看到了一朵怒放的牡丹，便指着那簇艳红嗔怪：此花才是最美。常姬笑而不答，在她看来，冯润的年纪还不足以明了美丽，并不是夺目，而是清淡自然雕琢的长久。

那次随父亲冯熙去洛阳任职，是有些仓促的，平城的事务并没有处理妥帖，就匆匆上路。冯润知道，父亲是有难言之隐的。这些事，常姬向来不瞒冯润，该知道的早晚要知道，与其自旁人处听得不明不白，不如早点明了真相，懂得点人情世故也非坏事。

冯润的姑母是当朝太皇太后，洛州刺史的官职，就是冯熙主动向妹妹求了去的，为的是避开平城宫廷的纷乱。冯太后的威严自来无人敢挑战，无论是在冯家，还是在北魏朝廷。可也就是她的这股子盛气，让冯熙隐隐不安。政治，说到头还是男人玩的游戏，女人只是游离在外的，即使一不小心蹚进去，总有一天终会觉得高处不胜寒。

冯太后十四岁即被文成帝立为皇后，随后先帝驾崩，献文帝拓跋弘继位时，年仅十二岁，朝政自然由她把持着。为防外戚专权，北魏历来效仿汉朝的"立子杀其母"制度，所以，拓跋弘并非冯太后亲生，虽尊称母后，总也没有血浓于水的母子情深。拓跋弘喜好佛学，或看淡名利或是因为冯太后的强势，继位五年后，便宣诏退位。孝文帝拓跋宏继位时才五岁，母妃已按祖制处死，也需得有人辅佐，冯太后又自然地担当了这个角色。

如此，天下太平也就罢了，可献文帝偏偏放心不下祖宗江山，暂时搁置了"优游履道，颐神养性"的生活，以太上皇的身份参与监政。后世史书形容冯太后是"猜忍多权术"，而献文帝是"仁孝纯至"，这样的两个人来争，胜负早已是分明。

承明元年，献文帝遭人毒杀，朝廷上下着实慌乱了一阵。除了冯太后，简直没有第二个人有这个嫌疑，不过，无人敢言。

冯太后在宫中的权威依然是神圣不可侵犯，她可以给她哥哥更大的荣耀。但冯熙却抢先一步奏请离开京城，去洛阳任职。冯熙并不是个怕事的人，他只是不想惹得许多是非。

比起平城，冯润更喜欢洛阳。在这里，她可以随心所欲地穿汉服，读汉书，而在平城，是会遭鲜卑人鄙夷的。

常姬是江南人，冯润喜欢听她的吴侬软语，她常弹着琴，一字一句地跟着母亲学江南小调，她最爱那首《扬花曲》：

> 葳蕤华结情，婉转风含思。
>
> 掩涕守春心，折兰还自遗。
>
> 江南相思引，多叹不成音。
>
> 黄鹤西北去，衔我千里心。
>
> 深堤下生草，高城上入云。
>
> 春人心生思，思心常为君。

那时，胡汉两族的界限依然分得清晰，不至于冰火不容，但至少是井水不犯河水。虽有父亲的宠爱与纵容，冯润的行事，还是惹了人非议，而且不是旁人，正是自家妹妹。

冯清是冯熙的原配博陵长公主的女儿，小冯润几岁，长公主早逝，继室常姬主持家务，便将她带过去抚养。冯清性格肃谨，打小矜持着自己高贵的出身，行事拿捏得不差丝毫。常姬做的阔袖襦袄，她是向来不穿的，任何场合见到她，都是夹领小袖的紧衣，窄口裤子配一双纹饰皮靴。她认为鲜卑公主的女儿，一定要穿最高贵的胡服。

冯润与冯清的关系就像她们的穿着一样，彼此入不了对方的眼，那架势，好像如果有可能，便连每日碰面的点头寒暄都可以省了去。

这边冯家在洛阳过着安宁的日子，那边的冯太后却有几夜辗转反侧不能入眠。拓跋宏的后妃林美人与高贵人相继有了身孕，生男生女还是未知，冯太后却已经觉得不安。妙龄佳人冯家有的是，怎么让旁人占了先！

于是，冯润就被姑母点了名，冯太后以不容反驳的口气让冯熙即日起程。这次离开洛阳就同当初来一样，匆匆地连留恋和忧伤的时间都没有。或许，冯润并不觉得失落，在她眼里，皇宫并不是一个令人望而却步的地方。她可能还暗暗羡慕着姑母，在男权世界里，可以那样仪态万方地接受所有人的顶礼膜拜。

对于权力，她不畏惧，也不排斥，这恰恰也是冯太后最需要的。

倒是常姬，一直替冯润忐忑着。也许是听多了历代后宫的悲剧，一味认定了宫门深似海，一去难回头，常抚着冯润的手垂泪，倒惹得冯润反过去劝她。

离家那天，冯家所有的人都给她送行，难得一见的隆重。令她惊讶的是，冯清也流露了些许关切的神情，甚至还轻声道了句"珍重"。两个字说得虽然不温不火，但足以让她感动好一阵子。

毕竟是皇亲，冯润进宫并不像寻常选妃，有些繁琐的过场。她就如同去姑母家做一次客，喝几口茶，顺便见见拓跋宏而已。其实按辈分，长她两岁的拓跋宏还应当称她姑母呢，想到这，冯润就觉得好笑。许多年前，她见过拓跋宏的，只不知道他是否还记得。那时她尚小，一次进宫给姑母请安，偷偷地看到了在一间空屋子里受罚的拓跋宏。他跪在里面似乎已经多时，一脸的疲倦，但眼神依然笃定。如今，一提到拓跋宏，冯润眼前出现的就是那样一个模糊的身影。许多年过去了，他怕是早已变了模样，姑母自小对他苛刻，他不会恨屋及乌吧？

这次进宫，她执意穿了汉服，只是不似平日那么张扬。她挑了淡粉的绫锦襦袄，配一条月白色折裥长裙，除了脖子上的璎珞，并无多余首饰，清清爽爽的，不知是否喻了"芙蓉出水"的意象。

见了冯润，冯太后的眼前一亮，她上下打量着，忍不住频频点头。冯太后不常称赞别人的，尤其是女人，但她从冯润身上找到了她年轻时的影子，要知道，冯太后当年，也是让后宫粉黛群失颜色的。

于是，冯太后派人去催请拓跋宏，仿佛是自家有了宝贝，忙不迭地现给人看。这反道让冯润一时间紧张起来，生怕不如皇上的意，辜负了姑母的一片心。

她的担心是多余的，拓跋宏进来，第一眼就望见了她，眼神交接的刹那，他还有一点羞涩地迅速躲了开。他果真不是多年前的样子了，只是那坚毅的眼神还不曾改变，只这一点，让冯润觉得他们是故人相见，而不是似曾相识。

拓跋宏却已经全然不记得她了，便是记得，也无法将她与曾经那个稚嫩的小女孩联系到一起。眼前的人，分明就是画上的江南美女，是溪边浣纱的那个，或是林中抚琴的那个。当然，这粉的衣，白的裙，还是最像莲池采荷的那个，撑着舟，哼着曲，碧叶红花，醉了人也醉了己，分不清到底是人入了画，还是画变作了人。

"皇帝"，冯太后一声轻呼，惹得拓跋宏回过神来，突然记起竟忘了请安，匆忙行礼。冯润也红了脸，连忙向拓跋宏叩拜。

拓跋宏问她的名字，她刚要答"冯润"，冯太后却抢先替她说了，叫"妙莲"。拓跋宏思忖着，突然问：莲，何妙之有？

她不假思索，道：其姿挺展，日艳且鲜；其貌熙怡，傲然独立；其根如玉，不着诸色；其茎虚空，不见五蕴；其叶如碧，清自中生；其丝如缕，绵延不断；其花庄重，香馥长远；不枝不蔓，无挂无碍；更喜莲子，苦心如佛；谆谆教人，往生净土。此，便是莲之妙。

一时无意,她竟是用汉话作答,刚觉失礼,正要请罪,便看到他赞许地点头。他也用汉话对她说,出淤泥而不染,花死根往生,的确是莲之妙,也是我佛之妙!

一问一答,好似旁若无人,惹得冯太后暗地欣喜,她知拓跋宏自小就是个行事得体的人,少有这般忘情的时刻,这可算是个不错的兆头。

(二)

冯润就这样成了冯贵人,北魏后宫当然不只有一位贵人,但她无疑是众人眼中最有前途的。如果,一段感情的最好开端叫一见钟情,最好的过程叫细水长流,那么,她一出场,便已成功了一半。

冯润免不了有些飘飘然,冯太后看在眼里,并不言语,只是轻描淡写地让她早日去拜望后宫地位相等的几位嫔妃。新人给旧人请安,也是常理,于是她去了。

她先见了林美人,而后见了高贵人,单这两个有身孕的,已让她有些泄气。这哪里是她印象中的大腹便便、不修边幅啊。林美人是飒爽英姿的鲜卑人,高贵人是高挑秀美的东夷人,皇帝的后宫真如海纳百川,将各色的美兼收并蓄。她再美,也只不过是群美之一,在这样的地方,无论谁想独占鳌头,都是一件太困难的事。她不禁有些心灰意冷,曾经,她不希望有一眼能够见到底的未来,而现在,她发觉,保证不了未来是一件多么令人惶恐的事。

这也就是冯太后想要让她认清的现实,只是她们好似都有些误解男人,自古英雄爱美女,也不是人尽可妻,男人爱色,但更爱知音。美色与知己,寻常男人最多只能觅得一样,而天子由于占尽了天时地利,便常有机会两全其美。

所以，这样看来，冯润大可不必惊慌，因为，她就是美女，又恰好是拓跋宏的知己，这样的人，北魏后宫并不多。

拓跋宏自小钟情于汉文化，对自己民族的劣根性毫不避讳，他内心一直勾画着胡汉融和的蓝图。只是，当时连政权都不能全然掌控在他的手中，天下大同便只是一个遥不可及的梦。

私底下，拓跋宏常会穿汉服，诵读汉文经典，只是苦于无人交流。冯润来了，便成了雪中送炭。他们在一起的时候，一定都是说汉话，常看着旁人一头雾水的样子，开怀大笑。她也弹古琴给他听，让他猜曲子的意境，只为看他是不是她高山流水的知音。

有一天，她奏了一曲《江南》，他伏在案上边写边画。曲毕，他也停笔，举起来给她看，一脸的得意。她看了一眼，便红了脸。那是一副淡墨画的水上芙蓉，虽不甚工整，却颇有神韵，旁边题的是乐府诗：

> 江南可采莲，莲叶何田田。鱼戏莲叶间，鱼戏莲叶东，鱼戏莲叶西，鱼戏莲叶南，鱼戏莲叶北。

这是冯润喜欢的诗，不事雕琢，但神采俱现，常人或许体会不到其中的妙处，但懂的人知道，这就如同画中的白描，未用什么颜色，却能将缤纷尽现眼前。诗中的"莲"字，他都故意误写作了"怜"，即应了她的"妙莲"，又以诗传情，怎么不让人心醉？

这样的日子过了许多天，让她甚至产生了一个错觉，以为他可以只有她。然而，只爱一个人，他生来就没有这个权利。他也知道，这对于他最深爱的女人，是一种多么大的伤害。

林美人生的是男孩，也是拓跋宏的第一个儿子。那一段时间，他一有空便去逗弄襁褓中的小婴孩，有点冷落了冯润。待他觉察冯润有些不高兴，又忙不迭地讨好，让她替大皇子取个名字。冯润明白拓跋宏只是一说而已，毕竟，林美人的儿子还轮不到她取名。

拓跋宏斟酌了许久，终于定了"恂"这个字。冯润知道，这出自《庄子》的"思虑恂达，耳目聪明"。这个让他寄予了无限希望的长子，定然是未来的太子了吧，可冯润一直不明白，为何林美人总是淡淡的神情，一点也不像刚做了母亲的人，有一种溢于言表的喜。

冯润忘了，北魏有"子贵母死"的传统，如若拓跋恂是太子，那么林美人终难逃此劫。这也是太残酷的事情，人生的大喜伴随着大悲，你不但连选择的权利都没有，甚至都不知道，余下的那些日子到底是该哭还是该笑。

终于到了必须要面对的一天，拓跋宏跪在冯太后的面前，请求她饶林美人不死。其实他应该知道，这是没有用的，他的亲生母亲不也是这样死的，又有谁能够救得了她？

看到长跪不起的拓跋宏，冯润又想起了那个模糊的记忆，曾经的他跪在这里，虽然狼狈，却隐忍、坚毅，而如今，只剩下了无可奈何。

冯润同林美人，是情场上的对手，可在情感上，冯润却有点同情她。她私底下悄悄问冯太后，是不是有废除祖制的可能。冯太后用奇怪的眼神看了她一眼，冷冷道：这于你有什么好处？

一句话，问得冯润哑口无言。冯太后做事，永远理智得不掺杂任何感性的成分，她的所有初衷就只是对自己有利。冯太后也是在用这些言传身教让冯润懂得，皇宫是没有硝烟的战场，如果你对敌人有恻隐之心，那么也正是不尊重自己的生命。

的确，林美人的死，让冯润少了一个强有力的对手。可是她看到拓跋宏一连多日萎靡不振的样子，心里有些隐隐做痛。她甚至有些嫉妒林美人，因为她的死，让他只记得了她的好，并且一直思念着。

于是，冯润去问拓跋宏，如若她死了，他会不会这样想念她？拓跋宏认真地看着她，一字一句地答她，如果你死了，留我一个人还有什么意思！

一国之君说这样的话，怕是会惹人哂笑的。故人去，新人来，鲜有听过历朝历代哪个君王为了一个女人活不下去。但是，这就如同"山无陵，天地合"的誓言，或许未来形同陌路，相忘于江湖，但此时此刻，确是真心的。

冯润转过头，不想让他看到她湿了的眼睛。她本以为，等这样的一句话会要许久，甚至要用林美人般的牺牲才会获得，如今这么快就听到了，是不是一生都该无憾了？

几个月后，高贵人也生下一个男孩，取名为拓跋恪。为了庆祝一年之中喜得二子，拓跋宏大赦天下。

做了父亲的人，行事比以前又成熟了几分，如同一夜之间明白了，江山是要传给子孙万代的。为了早日实现他心中"胡汉合同为一家"的理想，像任何励精图治的君王一样，拓跋宏首先将改革提上日程。

他先从官员下手，改革了俸禄制度，严惩贪污腐败。以前的法律规定，贪污十匹布帛，受贿二十匹布帛的人，一律处以死刑。而现在，哪怕是受贿一匹布帛，贪污一匹布帛的人，都得处以死刑。而后，他又颁布了"均田令"，保证了老百姓的生活和国家的赋税收入。

这些改革上的策略，冯润也是可以同他讨论一番的。在其他后妃眼中，朝政大事，就只是男人的事。但冯润不这样想，男人是喜欢"无才而德"的女人，但这样的女人如果还能在一定的限度内倾听自己的抱负，那才算得完美。

太和十年正月初一，拓跋宏接受百官朝见，穿的是汉族皇帝的礼服和冕旒。冯润一时高兴，也提早穿上了最喜欢的那件薄纱长衣。平城的初春，寒也还是刺骨的，她一不小心就受了凉。初时只觉胸胁满闷，憎寒恶风，并未在意。之后陈寒入肺，动辄便咳喘个不停，痰中带血，竟成了咳血症。

在拓跋宏面前，她还是强忍着佯装轻松的样子，他在忙着接待柔然汗国的使臣，她不想令他分神。

每次拓跋宏去看她，总是细细地端详她的脸，然后笑着说，今日看似好些了。其实，冯润的病一日重似一日，一直到了那年夏天，都没有丝毫好转的迹象。冯太后来探视过多次了，一次比一次失望。冯润自己也懊恼，进宫已经三年，连一儿半女都没能生下，又偏偏得了这样的病，真是不给姑母和冯家争气。

冯太后曾在出巡时路过方山，看中了那里的风水，遂选中在此地建造自己百年后的陵墓。六月初，拓跋宏准备亲自前往方山，检验为冯太后营建的永固陵。

宫里都在忙着为皇帝的出行做准备，冯太后又去看了冯润，探视完了病情，有意无意地说了一句，你父亲派人来过了，询问你的病是不是回家休养更好些？

看似惯常的一句话，冯润听完心凉了半截，半天回不过神来。姑母的意思再明确不过了，这是给她下达离开皇宫的指令，而且没有半点商榷的余地。开始，她怎么也不能接受姑母的残忍，而后也想通了，她的病没有好转的迹象，在宫里耽搁着，又有什么用呢？

冯太后果然是个聪明人，她选在这样一个时间同冯润谈此事，是为了不影响拓跋宏的情绪。他去方山，一时是回不来的，等他回来，她已经走了，终究也无可奈何了。而后的事，便是用岁月来消磨眷恋，那也是再容易不过的。

除了配合冯太后，冯润没有别的选择。临走的前一天，拓跋宏去看她，告诉她要暂时小别。可在冯润看来，那就是最后一次见面了。但她还是尽量装得同平日一样，强打着精神，同他谈笑着。

他有事不能久留，临走时，她忽然叫住了他，执意下床为他弹唱一曲。他拦不住，只得应允了。

> 月既明，西轩琴复清。寸心斗酒争芳夜，千秋万岁同一情。歌婉转，婉转凄以哀。斋愿为星与汉，光影共徘徊。主悲且伤，参差泪成行。低红掩翠方无色，金徽玉轸为谁锵。歌婉转，婉转情复悲。愿为烟与雾，氛氲对容姿。

许久不弹，有些生疏，加之身体虚弱，一曲奏完，冯润已经是满脸的汗。那一次，她未叫他猜是什么曲子。离别之音，便是听懂了也没什么用了。

她不问，但他懂，她唱的是晋朝的《神女婉转歌》。昔日东宫卫佐王敬伯乘舟还乡，抚琴歌《泫露》之诗，打动了卒于此地的少女刘妙容，引得她不顾阴阳两隔，做《神女婉转歌》相赠。此歌，颂的是爱，但却是阴阳两隔，无可奈何的爱。所以，他不明白，冯润为何要为他奏这首曲子。他只当是病中人常有的疑心，安慰了她几句，便转身离去了。

他不见，身后她强忍着的泪，已不由自主地溢出睫外。

（三）

在常姬的悉心调理下，冯润的病情控制住了，没有再加重的迹象。冯太后偶尔差人来问候，半点不提拓跋宏。冯熙每日下朝，也极少说宫里的事，所有的人好似都有意在冯润面前避讳这些。

刚回家的时候，听说拓跋宏已自方山归来，她还奢望着他会接她回宫，想像着他跪在冯太后面前，为她求情，像当年为林美人求情一样。可是不久后，她就告诉自己，要开始忘掉他，忘掉皇宫了。否则，自己的生活会被回忆束缚住，永远不能挣脱。

有一段时间，冯家请了僧侣做法事，精神好的时候，冯润也去道场听经闻法，以平静内心。有一个高僧懂医术，替冯润开了好些个方剂，顺便让在寺里做杂事的高菩萨为她抓药。

吃了高僧的药，冯润的身体好了不少。冯熙很高兴，法事结束后，就将略懂医术的高菩萨留了下来，继续照顾冯润。

高菩萨同冯润一般年纪，可看上去，似乎还小了几岁。他行事就像一个没心没肺的孩童，许多别人不在意的事都能让他雀跃。第一次见面，是他给她送刚熬好的麦冬熟地汤，他鼓起腮帮，小心翼翼地吹着热气，那一丝不苟的样子令冯润忍俊不禁。

高菩萨将已不烫的汤药递给她时，她放了一边，故意不喝。这点小女子的心思本很容易看破，不过是一直孤独着，情思屏蔽已久，随意释放些许，并无关风月。他只需应和着，哪怕是逢场作戏的暧昧也不打紧。

可是，就是有这样不解风情的人，一句也不上前劝，呆呆地坐在一旁等着。她也真真是没了辙，只得将药喝下，边喝边笑岔了气。

就这样，两个秉性各异的人竟成了无话不谈的朋友，高菩萨照顾她，比常姬还细心。她吃了太多汤药，有些实在苦得难以下咽。他就绞尽脑汁四处寻了霜柿饼、秋梨等，熬制成清虚热又味甜的膏汁给她喝。有一次，他听了一个治疗咳血的秘方，药引是一只乌龟，为了她，他竟然破戒，闭着眼睛痛苦地将乌龟杀了。

高菩萨对她的真心，是不掺一点假的，而且这样的付出，他丝毫没有想到过回报。可能是知道他们身份的悬殊，也可能他真的是憨厚到了家，觉得每天能够看看她，照顾她，便心满意足。

就在这个时候，宫里传出一件大事：冯太后崩于太和殿。这对于冯家，无异于晴天霹雳。冯熙自宫里回来，冯润终于听得了拓跋宏的一点消息，因为姑母的去世，他悲伤得已有好几日不曾进食。

姑母一直把持着朝政，自小那样对他，难得他还有这样的孝心。冯熙感叹，皇帝是个重情义的人。冯润听了心想，如若他真的有情有义，既然已经可以做主所有的事，那么，会不会来接她回去？

只可惜，拓跋宏需得为冯太后居丧三年。所以要回去，冯润至少还得再等三年。好在有高菩萨陪着，她并不孤独。

冯太后三年的祭日一过，果然就有皇宫的大队车马来了冯家。高菩萨慌忙跑出去张望，不大一会便进来，黯然道，定是来接你的。言语间，已在为即将到来的离别做着准备。

冯润又惊又喜，想着怎么没有提前说一声便来了人。慌忙对着镜子整理鬓发，预备着见人的模样。

很可惜，皇宫车马接的不是冯润，而是冯清。立冯清为后，是冯太后遗诏中讲得清清楚楚的，因为她知道，她一死，冯家便没有了依靠，这也是冯太后为冯家做的最后一件事了。众人都是早已经知道，只瞒了冯润一个人。尤其是冯熙，手心手背都是肉，他实在不知，是该为冯清高兴还是为冯润懊恼。

冯清走时，冯润执意要去送她，就像许多年前进宫，冯清为她送别一样。众人都小心翼翼地看着冯润，好似要提防着她的什么反常行为。但冯润只远远地望了望，就回去了，脸上不带一丝表情。

她就是再有怨气，也不能显在脸上，虽然，心里已将拓跋宏恨了一千一万遍。她恨他的无情，恨他让冯清后来者居上，让旁人都看她的笑话。他们的情如果一直耽搁着，倒也就罢了，最糟糕的就是让一个同她关系最微妙的人干涉进来，怪又怪不得，气又气不得。

其实，拓跋宏从未忘记过她，那年从方山回来不见了她，他也如发了疯一般。可是他有江山社稷，有掌控着他的祖母，他怎么能够随心所欲？

拓跋宏多么希望太后遗诏中选为皇后的人是冯润，他也能够想像得到，此时的冯润是怎样的心灰意冷。所以，他见到冯清的第一句话，竟然是问：妙莲好不好？

他太过思念冯润，就忽略了冯清的感受。本来冯清对姐姐还是愧疚的，可自那时起，她就开始恨冯润，贵为皇后有什么用，冯润早已经占据了皇帝的心，让她怎么还能挤得进去？

许是内心的愤懑分散了其他的症候，除了有点气虚，冯润的病彻底好了。冯熙打算送高菩萨回寺院，她执意不许。在内心最寒冷的时刻，她需要有人给她安慰，为她取暖。她发觉，她有些离不开他了。

"国家兴自北土，从居于城，虽富有四海，文轨未一，此间用武之地，非可兴文，崤函帝宅，河洛王里，因兹大举，光宅中原。"迁都洛阳，是拓跋宏当政后的第一件事，单是说服顽固的鲜卑贵族，就是费了好一番周折。

冯润又一次跟随父亲从平城到了洛阳，一别经年，她已经不是以前那个指着牡丹花说美的小女孩了。或者说，她已经没有了看花的心境，如若不是高菩萨时时为她解忧，她恐怕早已对生活失去了热情。

可是，她怎么也不会想到，拓跋宏在洛阳刚安顿好，便下诏迎她回宫。人还未见，就封她为左昭仪，仅次于皇后的地位。看架势，是预备将这些年欠她的一股脑儿补上。

这次皇宫里来的人确定是接冯润的了，高菩萨知道，他们是真的要分别了。虽然不舍，虽然心痛，但他替她高兴，因为他知道拓跋宏在冯润心中的位置。这么多年来，她克制着不去想他，可有哪一次能侥幸逃离过往的回忆？

他们已有八年不曾见面了，看到冯润，拓跋宏快步迎上去，不说一句话便将她紧紧揽入怀中。一个无言的拥抱向她诉说了他的歉意，也释然了她的恨，她便是有千万句责怪他的话，也说不出口了。

失而复得，他给她的宠爱自然要比从前还多。北魏后宫，她可以不将任何人放在眼里，包括妹妹，也就是皇后冯清。回宫许多日，她一直不曾去给皇后请安，为了礼数规矩，拓跋宏提醒了她。她勉强去了，也不行礼，站一站就走。她与冯清，相互妒恨着，她恨冯清夺了她的位置，冯清恨她占据了皇帝的心，哪里还像一家的姊妹。

冯润气盛，冯清也是不甘示弱的，她打小就以公主的女儿自居，瞧不起冯润的出身。曾经，她非议过冯润的穿着，现在冯润依然是一身汉服，她却无法阻止了。因为，拓跋宏已经大张旗鼓地开始了汉化运动，包括禁止鲜卑贵族讲胡语、穿胡服，改鲜卑姓为汉姓。冯清怎么也理解不了这些，于是北魏宫中，只她一人守着从前的规矩，包括见拓跋宏的时候。

都道是这样的顽固不化，激怒了拓跋宏，让他感觉治理得了天下，却管不了自己的家。其实，还不是有个最中意的在那里比着，冯清横竖入不了他的眼。所以，废黜冯清，立冯润为后，是必然的结果。

冯润等的一天终于来了，那一天，她穿着汉式皇后的凤袍看着冯清离去。她们相对无言，早已不再说"珍重"这样无关痛痒的话了。令冯润有些许失望的是，冯清并没有她想像中那么失落，或许她早就想着离开皇宫，虽贵为皇后，但身边有一个无论如何也取悦不了的男人，和一个视她为仇的姐姐，怎么能不让人窒息。

冯清没有回家，而是去了瑶光寺，洛阳城里唯一能让她清静的地方。

（四）

实行汉化运动，立冯润为后，拓跋宏生命中的两件大事已经顺利完成。只剩最后一件事便是扩大疆域，南征齐王朝。

太和二十一年，拓跋宏有大部分时间是带兵在外作战的。冯润负责打理宫里所有的事，已颇有当年冯太后主持后宫的感觉了。

一日，常姬进宫探望女儿，闲聊的时候，冯润向她问起了高菩萨。常姬告诉她，她进宫后不久，高菩萨也离开冯府了，以后就没有了消息。只模糊听人说，他现住在一个寺院里。

一个人的时候，冯润时常想起那些有高菩萨陪伴的日子，想起他为她做过的点点滴滴，当时没有怎么在意，现在回忆起来才发觉那一片深情。她忽然觉得这个世界上视她为最重的人，并不是拓跋宏，而是高菩萨。拓跋宏爱她，也爱天下，但高菩萨是宁可为了她而牺牲自己的人。

送走母亲，她就派了心腹中常侍双蒙到洛阳各大寺院寻找高菩萨。开始她并未多想，只想找到他，知道他现在过得怎么样。可一向圆滑机智的双蒙却为了讨好皇后，竟然自作主张将高菩萨带到了宫里，做了个冒牌的宦官。

于是，一切又回到了多年前，高菩萨可以每天都见到冯润，陪伴她、照顾她。拓跋宏不在的日子里，冯润从他那得到替补的温情。她开始陶醉在这样的生活里了。

冯润也开始有些不自觉地学当年的冯太后，为冯氏家族做着细致的打算。她的亲弟弟冯夙到了该娶妻的年龄，经过一番思考，她暗中选定了彭城公主。彭城公主是拓跋宏的六妹，先前是嫁给了大臣刘昶的儿子刘承绪，丈夫英年早逝，她一直婺居在宫中。

没想到，彭城公主却看不上冯夙。或者是瞧不起冯夙庶出的出身，或者是不满冯润惯常的作风，对这门亲事她一口回绝。这让冯润感到异常愤怒，皇后的亲弟弟竟然遭到了拒绝，说出去多么扫她的脸面。

于是，趁着拓跋宏征战在外，她强逼彭城公主嫁给冯夙。可是，她低估了鲜卑女儿的烈性，彭城公主半点都不肯吃亏的性格，怎么能任人宰割？那天下着大雨，道泞路滑，彭城公主却带人连夜赶到了北魏军队驻扎的悬瓠。

看着出现在自己面前，狼狈不堪的妹妹，拓跋宏吓了一跳，他还以为是皇宫出了什么大事。其实，这已经就是大事了，彭城公主一股脑儿说出的不仅是冯润对她的逼婚，还有她同假宦官高菩萨的淫乱。

有些事情从别人的口里说出来，总会又严重几分。拓跋宏听了彭城公主的话，呆呆坐着，一言不发。如果彭城公主知道这对于拓跋宏的打击是这样大，她也许会选择不说。她只想让拓跋宏恨冯润，却不知他对她爱得这样深，又怎么能够恨得起来。

于是，恨就只能变作伤心。白日指挥作战，夜晚忧愁不能入眠，拓跋宏病倒了。

本来，冯润时常会接到拓跋宏自前线给她的信，告知一切都好。可这次拓跋宏病倒，她却是从其他宫人处得知，很久，拓跋宏都不曾有信给她了。中常侍双蒙得知了彭城公主去前线的事，赶忙告诉了她，她这才知大事不好。

她慌张地派人叫了母亲来，商议对策。常姬一面骂着冯润咎由自取，一面却也不得不替她想法子。她很明白，冯润犯下的错误，任哪朝哪代都是不可饶恕的。便是拓跋宏顾及着和她的情分，最多饶她一死，皇后的位子是保不住的了。

当然，也不是完全没有办法，如今能够保住女儿的唯一可能，就是学当年的冯太后，不择手段。她以给拓跋宏祈福为由，自宫外请了巫师，只可惜，他们念的都是让拓跋宏一病不起的咒语。常姬的目的很明确，她想让女儿成为第二个冯太后，辅佐少主，垂帘摄政。

这当然不是冯润想做的，可是，常姬明确地告诉她，不是他死，就是你亡。在情感与生命的选择当中，冯润并没有高菩萨一般的勇气，于是她只能默认了。

宫里不知有多少只眼睛盯着冯润的一举一动，从前是，现在更是。常姬自以为天衣无缝的事，很快就被拓跋宏知道了。可是，他却不相信，他深爱的女人，怎么可能想要让他死。所以，他必须亲眼所见。

回到洛阳，拓跋宏派人抓了双蒙和高菩萨，亲自审问他们。他多么希望听到两人喊冤，说那只是一场玩笑。然而，事实就是事实，双蒙和高菩萨根本没有隐瞒的胆量。

多日不见的拓跋宏沧桑、憔悴、绝望，所有本不可能在他脸上看到的情绪，突然全部显现出来。冯润低着头，不敢说一句话，她只想他能痛声责骂她一顿，可是，他却径直走向窗边，望向屋外，不说一个字。

时间仿佛凝滞在那段令人窒息的悄无声息里，不知过了多久，冯润才听到他轻声问了句，为什么？

简单的三个字，他却是痛苦疑惑了许多时候，才问出口来。而且，他也知道，她根本就回答不了。于是他只能不断折磨地自问着，他得到的唯一答案是，他在还债，还曾经远离她的八年里，她付出的思念与期待。

除了那句"为什么"，那一天，他没有再同她多说一句话。又一次带兵南下之前，他也半点没有为难她，她还是北魏皇后，还是一样的荣华富贵，然而，对于她，这已经是最大的惩罚。

冯润只当他这次匆匆离去，是因为他的恨与厌恶，其实，他只是在逃避，逃避自己绝望的心和所有与她有关的伤。

可是很遗憾，他一去，再也没有回来。他没有完成他定鼎中原的梦想，也没有最爱的人陪在身边，他生命的最后一刻，是可想而知的孤独。

远在洛阳后宫里的冯润并不知，他临终的最后一句话是关于她的。他清清楚楚地给了后宫所有的女人自由，唯独她，要陪着他一同走。

"皇后久乖阴德，自绝于天。若不早为之所，恐成汉末故事。可赐自尽别宫，葬以后礼，庶掩冯门之大过"，大长秋卿白整念完拓跋宏的遗诏，端着一杯酒走到了冯润的面前，恭恭敬敬地递给她。

冯润没有伸手去接，她一字一句将遗诏听得仔仔细细，听完，心凉了半截。他对她的恨已经这样入骨了么？他放手让所有的女人走，却不给她生的权利。恐怕，他不但恨她，还怕她觊觎他的江山，妨碍拓跋家族的基业吧。

冯润当然不会就这样心甘情愿地死去，于是，她冷笑着，将杯子拂到了地上。然而，落地的金杯还未停止滚动，以北海王为首的一群人就涌了进来，看架势，已在门外等候多时了。

他们似乎早就知道，冯润不会喝这杯酒，然而，他们的出现又不容置疑地告诉她，这酒不能不喝。

又一个酒杯"嘭"地一声砸在了地上，同时倒地的，还有被强灌了毒酒的冯润。她挣扎着想要起身，却只是徒劳。她的眼前渐渐一片模糊，可那双强睁着的眼睛，还是不肯闭上。

看来，直到生命的最后一刻，她也还没有领会到他的用心良苦。她到死都埋怨着他赐她的那杯毒酒，却不知，这是他能够为她做的最后一件事了。

他一死，那虎视眈眈的北海王、咸阳王们怎么会继续容忍她？到时候，怕不只是让她自行了断这么简单了。他遗憾已经不能再继续保护她了，所以，只能狠下心来，替她做最后的了断。至少，她还可以同他合葬长陵，受后世尊仰。

他知道，她当然会恨他、怨他，可是，又有什么办法？他们相识一场，似乎就是为了了却同对方的三世劫缘，今生未有纠缠清晰，只能待来生再做分辨。

都道悲欢皆关情，可是每每叙到这段情，总让人疼痛得欲说还休。好在时光的罅隙里，已窥不到一别经年的忧伤过往，触不到心底里触目惊心的伤痕。那么，还是装作视而不见，释然芥蒂吧。

毕竟，以爱为名，是什么都可以原谅的。

纵负江山不负卿——冯小怜

（一）

邺城，深夜。

月光顺着那棵梧桐的间隙照下来，轻风拂过，摇曳着一地的琐碎。

冯小怜抬头看着那并不刺眼的光，想着宫里宫外的月亮其实也没有什么不同，阴晴圆缺，半分不遂着人意。

既然人未变，月未变，那么变的只有赏月的心情。许多人赏月，其实只是叫看月，心思不在月上，不过借着这个仰头的姿势，给自己片刻清闲。只是，常容易弄巧成拙，想那天上人间是什么差别？不是又徒增了伤悲。何况眼泪落下，更比平常容易了些。

北齐后宫里，深夜未曾入眠的不止冯小怜一个人。她是因为初来乍到的欣喜，而穆夫人，怕是近来夜夜如此。

冯小怜眼里的穆夫人，就如同北齐皇宫一样，表面再也没有的平静如水，实则暗流涌动。当然，要不是如此，穆夫人会同冯小怜一样，只是一名普通的宫女，又怎么会成为炙手可热的皇后人选。

冯小怜进宫的时候，斛律皇后已经被废，遣去了寺院修行。这倒不是后宫争宠的缘故，只是纯粹的政治变动。斛律家族满门忠烈，祖上是开国第一等功臣，北齐高氏没有一任君王不对斛律家族感恩戴德。斛律皇后的父亲是"落雕英雄"斛律光，更加骁勇无敌。北齐同北周的二十多年战争中，凡他指挥作战，便无一败绩。以善于用兵闻名的北周统军韦孝宽屡屡败于斛律光手下，对他忌惮不已，于是，便想出了离间计来对付。

韦孝宽找人编了一首儿歌在北齐境内到处散布，里面有"百升飞上天，明月照长安"的句子。百升为一斛，明月是斛律光的字，明眼人一看就知道，喻的是耶律光企图谋权篡位。

离间计是自古最考验君主的计策，莫说高纬压根不是明君，便是能够明察秋毫，内心也难免不狐疑。加之一些佞臣煽风点火，高纬就编了个由头将斛律光捕杀，并灭其九族。此举无异于是自毁长城，难怪周武帝闻之狂喜，竟然大赦境内。

穆夫人小名黄花，曾是斛律皇后身边的奴婢，私下被高纬宠幸，生了皇子高恒，也是高纬的第一个儿子。这个襁褓中的小婴儿虽然将穆黄花的地位一下子提高了，可是，要同胡太后的侄女胡昭仪竞争，还是有相当的难度。毕竟，左昭仪离皇后之位，只有一步之遥。

好在穆黄花背后还有一个强大的支持者，就是皇帝的乳母陆令萱。高纬是她一手带大的。所以，虽说是奴婢出身，却从来没有人敢小看陆令萱，连胡太后都惧怕她几分。

看两帮人这样暗地斗着，冯小怜觉得很有意思，谁输谁赢都有可能，看着才算刺激。不过内心深处，她当然是希望穆黄花赢，这样，她也算是皇后身边的人了。虽一样还是侍奉人的角色，别人却不敢不高看一眼。

入宫已多日，冯小怜只远远地见过皇上几面。平日一听高纬要来，穆黄花便赶紧将这些容貌秀丽的婢女遣走，换上些姿色平庸的。从前，她就是由此出身，而今不能不防。

好在冯小怜并不在意，她深信富贵荣华都是人各有命，便是见了皇上也不是人人都能麻雀变凤凰。就像你争我夺了一番，最后当皇后的是胡昭仪，都是前世定好了的。

胡昭仪能当皇后，并非是因为胡太后的势力强大，反而是因胡太后放低了身价向陆令萱低头换来的。连太后都主动与自己结拜姐妹，陆令萱揽足了面子，也就不好意思不让步了。

这样的结局，冯小怜都有些失望，就更别说穆黄花了，简直是痛不欲生。陆令萱见了，一副恨铁不成钢的样子，轻蔑道：不见棺材就落泪，怎么没出息成这个样子！

冯小怜在一旁听了不解，皇后的加冕仪式都举行了，难道还不到该哭的时候？

要论玩转人心，还没有人能及得上陆令萱，旁人看来难如登天的事，她轻描淡写一句话即可扭转乾坤。

那日，陆令萱惯常一样去胡太后处问安，寒暄了几句，就愤愤不平地说：还是亲侄女，这样的话也能说出口！胡太后心一惊，忙问何事。答道，皇后私下说太后"行多非法，不可以训"。

这句话当然不是皇后说的，但却是事实。胡太后自来生活不检点，顾命大臣和士开便是她的情夫。虽然已是公开的秘密，但胡太后对此极其敏感，听了这话怎能不怒？

可怜胡昭仪没当几天皇后，就被姑母强行剃去了头发，送入寺中修行了，倒是给斛律皇后做了伴，只是不知两人见面该是怎样的感慨。

穆黄花当了皇后，一时风光无限，连身边的人都跟着得了不少实惠。昔日太上皇在位时，曾为胡太后做过一袭珍珠长裙，见过的人都叹为观止。高纬为了表示对穆黄花的宠爱，命人到处收集珍珠，准备做一辆更加奢靡的七宝车。北齐国内的珍珠不够，还千里迢迢跑到北周去寻。

这时，冯小怜已经是穆黄花身边不可缺少的人了，《资治通鉴》中形容冯小怜，用了"慧黠"二字。其实，都是天真无邪的年纪，有什么慧可言。不过是在穆黄花身边看惯了世态炎凉，对许多事心不在焉了，一个人如果能放下烦忧、悲悯，是否就是所谓的智慧？

那天，有宫里侍卫找到了冯小怜，报说宫门外有一个半老太太求见，自称是皇后的母亲。冯小怜悄悄跟出去看了，其实只是一个刚过中年的女人，想是历尽了生活艰辛，才显得苍老了。冯小怜不敢自作主张，赶忙禀告了穆黄花。

那是冯小怜第一次看她发那么大的脾气，她反复重复着的一句话是：我的母亲是陆令萱。

宫门外她真正的母亲听了该是怎样的痛心，十月怀胎生下的女儿竟然成了别人家的。这个女人叫轻宵，轻歌曼舞，一宵千金，单听这个名字就知年轻时是怎样的旖旎与风光。可惜一旦年老色衰，就连寻常女人的那种安定生活都没有了。

冯小怜不敢看她蹒跚离去的背影，不敢去猜她脸上的表情是失望还是痛苦。她终于忍着没有让眼泪流下来，在北齐皇宫，如果连这样的事都掉眼泪的话，那么该痛哭的事就太多了。

历史上，有不少荒唐的君主，但是像北齐高氏家族这样，代代昏庸悖逆、嗜血淫乱，倒是鲜见。北齐皇宫里，杀人比碾死一只蚂蚁似乎还容易些。建国不过二十余年，高纬已经是第五个皇帝了，前几任君主无一例外地被酒色折磨至死，高纬不但不引以为戒，反而有变本加厉之势。

或许，唯一能为他的行为做辩解的就是，他还只是一个不满二十岁的少年。

北齐后宫，没有什么新人旧人之分，因为这个家族式的魔咒决定了，没有人能够长盛不衰，穆黄花虽极尽恩宠，却也不能。七宝车未坐几次，上面就换了人，是乐师曹僧奴两个艳丽的女儿。

冯小怜就又像从前一样，当一个旁观者，看这些人孩子似地你争我夺，只是这一次，比以前更残酷了。大曹性情肃谨，难免有事违了高纬的意，竟被他下令剥去面皮，撵出宫外，想也是活不长了的。好在余下一个小曹因此懂事了不少，很得高纬欢心。

可是，这本身也是一个错误，讨好了一个人，就等于同时得罪许多人。穆黄花向来是个争宠的高手，怎么可以坐视不管。于是，还是联手陆令萱，栽赃诬陷小曹，用的就是历代宫廷屡试不爽的巫蛊术。

这不是一个高明的伎俩，所以赐死小曹，就又一次体现了高纬的昏庸。

计策终有用尽的时候，北齐后宫却永远不可能青黄不接。于是，又有了董昭仪，有了毛夫人、王夫人、小王夫人……便是将她们全部赶尽杀绝，民间还有数不尽等着替补的人。北齐有律令：杂户女年二十以下十四以上未嫁，悉集省，隐匿者家长处死刑。谁敢不踊跃？

穆黄花的处境同以前已是天壤之别，连陆令萱都渐渐不来皇后寝宫了，看来，她也已经回天无力了。

被置之死地的人，大多不会甘愿等死，总想着破釜沉舟的一搏。于是，在穆黄花身旁隐匿了许久的冯小怜，正式登场。

后人一直因此事嘲笑穆黄花愚蠢，典型的饮鸩止渴。但在当时，确实没有人能预料未来发生什么，连冯小怜自己也不能，可能她知道的唯一一点，就是曾经还算平静的生活，将一去不复返。

五月五日，在忌重的古人眼中，是大不吉的日子。介子推、屈原、伍子胥、曹娥……都死在这一天。传说中的大鬼小鬼会在这天突然出现，正是因此，端午节也被称为"续命节"，冲破恶鬼的索命，大难不死，才有后福。

穆黄花对此深信不疑，于是她选在那一天，将自己命运的赌注压在了冯小怜身上，她亲自为高纬送上身边最美丽的女人，替她夺回他的爱。

那一天，宫墙外的杨花开得满江都是。穆黄花一早准备了兰草、菖蒲煎的避邪汤药让冯小怜沐浴。冯小怜偷偷地掩嘴笑，想穆黄花竟然把后宫的妃嫔当作了索命的小鬼。

即将去见高纬的时候，穆黄花牵了冯小怜的手，将一束"五色续命缕"拴在了她的手腕上。看着皇后郑重其事的样子，冯小怜有点心酸，她暗自下着决心，一定不辱使命。

（二）

我们无须探究高纬初次见到冯小怜究竟是怎样的情形了，总之，一个世上最荒唐的君主，一个在数不清的女人身边游走的男人，竟然对冯小怜说了"愿得生死一处"这样的话，便是无情也动人了。

此时的穆黄花，应该早已恍然大悟自己的错误。因为，冯小怜打败的所有女人中，也包括她自己。

可见女人较真起来，果然可以不计后果，只要能救得了眼前的急，还管什么明日的忧？

在穆黄花身边时，冯小怜时时收敛着，自来不曾绽放过，也就不懂自己究竟有多么大的光芒。高纬在叹息相见恨晚的时候，总是疑惑，为什么一直不知后宫还有这样一流人物。不过，幸而是见了，如

果一辈子不见，此生算是枉度了。

后人对冯小怜的美貌评价甚高，名次紧随四大美女之后。野史笔记更是穷尽想像，说什么肌肤吹弹可破，冬天软似棉花，暖似烈火，夏日则爽滑如玉，凉若冰霜。其实，能让高纬爱不释手，还是因为冯小怜恰能投其所好。

侍奉穆黄花时，冯小怜经常为其按摩。起初，也只是以寻常的按揉来解除疲劳，时间一长，便总结出了一套结合槌、擂、扳、担等手法的按摩术。后来，侍奉高纬，她根据医书悉心研习了人体的穴位和经络分布，使得按摩不仅能够解乏，还能疏通经络气血。许多小病，竟可以手到病除。

高纬喜好音乐，冯小怜恰好弹得一手好琵琶。她常常在不经意的时候，奏出他谱的曲子，给他惊喜。此一事上，便又是知己。

诸如此类的投合，还有许多，自她一个人的身上，便可寻得许多人的妙处，难怪高纬每日都与她"坐同席，出并马"，一时一刻也不愿分开。

昔日曹昭仪居住的隆基堂，是北齐后宫最奢华的建筑，高纬特地赐给了冯小怜住。可她想到曹昭仪悲惨的结局，不免有些忌讳，还未发话，只略皱了皱眉头，高纬就拨出重金下令将隆基堂拆去重建。便是这样，他总还觉给她的不够，他为她选了千名侍女，每个人的衣饰，都有千金之费。昔日宠妃坐的七宝车费尽了北齐的所有名贵珍珠，如今，只要冯小怜一点头，便是倾尽国库之所有，他也不会吝惜的。

看来，古今男人都一样，喜欢用钱为爱情增光添色，只觉那千金一掷出来，不管遇到什么样的女人，都所向披靡。事实好像也是如此，便是那些口里常说着金钱如粪土的女人们，又有几个不动心的呢！

高纬毕竟不是普通男人，他能够给冯小怜的，除了金钱，还有地位。废去穆黄花，改立冯小怜为后的事，他提了好几次，但每次都被她婉言拒绝。冯小怜还算是顾念着曾经的主仆之情，不想让穆黄花赔了夫人又折兵。

不当皇后，就只能做昭仪，可高纬又觉委屈了她。前思后想了几日，终于找出了一个万全之策，他下旨"置淑妃一人，比相国"，为冯小怜独设了一个位置。

被高纬这样宠着，冯小怜也时有不安，因为她正眼见着他荒废政务。那时候，北齐的边界常常被北周、陈国骚扰，边塞时时传来紧急战报，高纬怕影响玩乐的兴致，常常不看一眼就搁置一旁。男人的失败一向归罪于女人，这样，她不就成了国家的罪人？

她眉头一蹙，总有人会及时地为她化解忧愁，陆令萱的儿子穆提婆是高纬的宠臣，他常对她说，偌大的一个北齐，就是尽失黄河南岸，尚有北岸，但人生短短几十年，今日不享乐，明日该追悔莫及了。

这么谬妄的话竟能说得出口，看来高纬的荒唐，也不是他一个人的过错。

其一：

> 一笑相倾国便亡，
> 何劳荆棘始堪伤？
> 小怜玉体横陈夜，
> 已报周师入晋阳。

其二：

巧笑知堪敌万机，

倾城最在着戎衣；

晋阳已陷休回顾，

更请君王猎一围。

这是李商隐著名的咏史诗，两首写的都是他印象中的冯小怜。几十个字，有大半是带着讽刺意味的调侃，尤其是"玉体横陈"一词，自来引发着人诸多遐想。一国朝堂的大案上，躺着一个全身不着片缕的女人，四周的大臣，都被这蚀骨销魂的美羞红了脸。活脱脱就是一幅香艳赏美图，知道的人没有不感叹，天下还有这样不知廉耻的国君。

或许，高纬并没有觉得这是一件羞耻的事。自家有宝贝，谁不想给人看，不想听得别人口中说一声"好"。寻常人不敢拿出来，是怕贼偷，怕贼惦记，他又不必顾虑这些。冯小怜在他的眼中，就是一件不可多得的稀世珍宝，便是无法让天下人知道，也要让他的臣子知道。

如果昔日的荒唐都可以归于他的少不更事，那么这一次，却再也没有人能够原谅他了。

远处，北周战马的铁蹄声已经隐约入耳。

曾经，入侵者的角色是北齐扮演的。每年入冬，北周国君都会下令捣碎两国界河的坚冰，用这种最无奈和消极的方式，提防着强大的北齐入侵。俗语说，三十年河东，四十年河西，经过宇文氏几代君王的卧薪尝胆，励精图治，两国力量的根本倒转，却未用这么长的时间。

一直以来，北周都惧怕北齐的两名将帅，一个是已经死去的斛律光，另一个就是兰陵王高长恭。

高长恭是历史上有名的美男子，因为太美，怕在战场立不了威严，恐吓不了敌人，临阵前，他都要带上铁质的面具。

那首著名的《兰陵王破阵曲》，便是邙山大战之后，将士们为他所做，来吟诵他的英勇无敌。

还是宫女的时候，冯小怜曾用琵琶奏过这首曲子，她甚至一度幻想能见到这个传说中俊美又英雄的男人。可惜，如今她有了权力，却没有了机会。兰陵王，这个北齐安宁最坚固的屏障，竟是因为一句极其寻常的话，落得了同斛律光一般的下场。

那一次，高纬问他：深入敌阵，为何不惧死？兰陵王想都没想，答道：天下事即是家事，故视死如归。

这本是一句极其妥帖又冠冕的话，高氏家族的天下，当然就是高家的家事，如果能多有几个高家子孙这样想，当是北齐之幸。可是，高纬却不这样认为，江山姓高，只是高纬的高，其他高氏子孙以国为家都是在意淫他的权力。

从此，在北齐就再也听不到《兰陵王破阵曲》了，取而代之的是高纬新做的《无愁曲》。他常操着琵琶与冯小怜对唱，并令百名男女宫人相和，后人便因此称他为"无愁天子"。

可是，如果无愁天子真的没有忧愁，那《隋书》中为何记述这个曲子"音韵窈窕，极于哀思，曲终乐阕，莫不陨涕"？可见，说无愁，实是愁已经无处可泄。希望渺茫，往事又不能回首，那么，无论这当下是多么的不堪，也只能在自我麻痹中度过了。

平阳被北周军队重军包围时，高纬正在晋阳陪冯小怜围猎。持箭策马，是她少有的经历，所以一直兴致勃勃。对高纬来说，没有什么比让她高兴更重要，加急战报，就又被搁置了一边。

待她尽兴而归，平阳已经陷落。

那一年的冬天，异常寒冷，有明智之士提醒高纬，北周大军定会归去避寒，留守平阳的人马不会很多，正是收复失地的最好时机。

对高纬来说，这些都无所谓，此次出行，是陪冯小怜散心，中途要不要赶去平阳，还得看她的心情。好在冯小怜没有反对，体验了打猎的刺激，她想着真正的战争应该更有意思。

古人视妇人从军为不祥之兆，众人私下议论纷纷，有人拐弯抹角地提醒了高纬，他却不以为然：只要小怜高兴，纵是战败又有什么关系！

御驾亲征，一向是最能够鼓舞士气的。北齐的将士带着收复失地的悲壮，一鼓作气，突破了平阳城的围墙。城内的北周守军，数量有限，只待拼杀进去，胜负已经毫无悬念。

所有人都在等着高纬一声令下，可是高纬却在等冯小怜。这样耀武扬威的时刻，怎么能不让她看到？

很可惜，待冯小怜盛装打扮完毕，款款走出的时候，已是傍晚。北周守军在暮色的掩映下，修好了破损的围墙。冯小怜只能模模糊糊地看清远处的平阳城，城内已经是一片安静，丝毫没有了战场杀伐的气氛。

看着冯小怜失望地转身回去，高纬懊恼不已，对等待着的北齐将士说了句"明天再战"，便追逐冯小怜而去。

第二日，漫天飞雪，依然是盛装临阵的冯小怜被寒风刺得睁不开眼睛，更不要说观战了。她无奈只得又一次转身离去，身后，是等候在原地只等一声令下的千军万马。

冯小怜久处深宫，不知战事紧急，难道高纬也不知？兵贵神速，这样一而再地拿军队开玩笑，同昔日的"烽火戏诸侯"有什么分别！

终于等到了雪停风定，天时地利，然而却未能人和。得知高纬军队攻城，周武王亲率的八万大军已经赶到救援。

冯小怜终于等到了一场真正的大战，两国君王亲临疆场，对阵指挥。可是，她却有些害怕了，仿佛刚刚醒悟，这将是一番真刀真枪的搏杀。旁边的高纬拉过她的手，望着远处北周的军队，轻描淡写地说了一句：取贼寇之首级，若囊中取物。

高纬的自信，只因还沉浸在北齐曾经的辉煌当中，却不知，大厦将倾，可以是一瞬间的事。后人看这句话，莫不觉得自不量力，可也就是这句惹人发笑的话，让冯小怜瞬时平静下来。她对他的话，向来深信不疑，因为，但凡他答应过她的事，都从未失言过。

北齐军队再不济，还算尚有余威，战鼓击起，军阵向前，也有不挡之势。正当冯小怜满怀信心的时候，左翼军队突然退后，这寻常的战术变化将她吓得差点从马上跌下。她喊着：败了！败了！赶忙拉着高纬策马狂奔。

为了冯小怜，高纬又一次将千军万马抛在了身后。失去统帅的北齐军顿时大乱，互相践踏而死者不计其数。

逃到洪洞，他们已经狼狈不堪，冯小怜执意停下马，整理鬓发，重施脂粉。看着冯小怜因劳顿而略带苍白的脸，高纬心疼不已，也自责不已。他没有想到因他而死的北齐兵将，没有想到在战争中颠沛流离的百姓，他只觉得，最对不起的人是冯小怜。他看着身后寥寥无几的追随者，想着以后怕再也不能给她世界上最好的东西了。

待重新上马继续北逃时，高纬将一件长衣披在了冯小怜的身上。她侧头一看，吓了一跳，竟然是皇后的凤袍。

这是高纬派人冒死回宫取来的，也是许久之前就为她做好的，只要她点头，早就可以穿在身上。北齐后宫中，再找不到一件凤袍有胜于这件的华丽，只是，穿这件衣服的人，似应当站在金碧辉煌的宫殿，看着百官的朝贺，听着不绝于耳的"千岁，千千岁"，而不是如此狼狈地颠簸在逃亡的路上。

但是，她丝毫没有介意，他的心意，她懂。他不由分说地为她披上这件凤袍，只因这是苍茫乱世中，他能为她做的最后一件事了。

所以这一次，她没有拒绝。

没有宣诏，没有加冕仪式，过家家似的，她成了他的皇后，继而跟随着他逃到了晋阳。晋阳算是北齐的别都，兵马粮草储备充足，然而她总觉得不安，执意要回邺城。落叶归根，她的心情可以理解，可是他们一走，晋阳也就保不住了。

那一天，群臣跪在高纬面前，劝他留下，安德王高延宗甚至痛哭流涕，求他保住高氏家族的江山。

然而，他还是走了，拉着冯小怜的手，朝邺城，他们的家奔去。

身后，跟随着的人更少了，也许只是一些心怀叵测的小人。

北齐都城，还有最后的十万精兵，但足以同北周的八万大军抗衡了。国难当头，最需一番激励，谋臣斛律孝卿建议高纬检阅军队以振奋士气。可是，对着严整肃穆的北齐将士，拿着斛律孝卿为他写好的慷慨激昂的演讲词，高纬还未发一言，竟笑出声来。

如此国君，有谁会心甘情愿地为他卖命。邺城，命运给他的最后一次机会，他依然没有能够把握住。

回到皇宫，冯小怜发现，她期盼已久的家，在她离开的短短几个月，已经物是人非了。胡太后与穆黄花整日心惊胆战，时刻准备着逃离；穆提婆弃下母亲，叛投到敌国北周，陆令萱于绝望、无奈中只得悬梁自尽。

两个北齐后宫最强势的人，有她们在，便有一股凌人的盛气在。如今都落魄成这个样子，是不是一种暗示？

冯小怜还记得她初次进宫的那天夜晚，月色清朗疏空，她抬头看着，竟能入了神。而今的月亮，一样圆，一样照人，却没有人敢仰头再看。

（三）

被周军俘获，是在又一次逃离的路上。这次，除了冯小怜，高纬还带了一大家子人，胡太后，太子，还有所有他宠幸过和已经不再宠幸的女人们。

当然，他最在乎的还是冯小怜，他在她马鞍上栓了一大袋金子，预备着以后浪迹天涯不至于窘困。

只可惜，高纬不知道，他曾无比信任的宠臣们一直在计划着将他献给北周。禽择良木而栖，既然大势已去，便也无可厚非。

长安北周朝堂上，为了显示胜利者的大度，周武帝为亡国君臣们封官授爵。他故意将四年前已经故去的斛律光写在了诏书的第一位，追封他为上柱国，崇国公，并且对着高纬感慨：此人若在，朕岂能至邺！

被自己灭九族的人竟为敌国如此尊崇，是一件多么讽刺的事。可惜高纬并没有露出半点悔不当初的神色，他淡淡地谢过周武帝的不杀之恩，提出了唯一的要求：乞还小怜。

天下果真就有如此痴情的男人，面对着一个胜利者的咄咄气势，有勇气说出这样的话。不问苍生不问百姓也罢，他甚至不曾问一句他的母亲。

满座哗然，周武帝似也有些气愤，好像高纬当着文武百官的面向他提这样的要求，也有损了他的威仪。他晒笑着："朕视天下如脱履，一老姬岂与公惜也！"

冯小怜当然不是老姬，但高纬听得周武帝这样称呼她，不但不恼，竟然有些高兴。此刻毕竟已不是向旁人现宝的从前了，以他现在的力量，如若别人来抢，根本无还击之力。幸好周武帝当她为老姬，要是也在意她的倾城美色，他怕再也见不得她了。

如花美眷，似水流年，高纬终于同冯小怜过起了两个人的世界。远离宫闱，远离纷争，他没有亡国之君惯有的愁绪，或许私下还感谢这场战乱，卸去了他华而不实的锁甲，给了他向往已久的自由。

他一点都没有想，长安城里，另外两个与他息息相关的女人，在过着什么样的生活。胡太后同穆黄花，这两个曾有无比高贵地位的人，迫于生计，沦落到烟花之地，一直到死，也没有人将她们救赎。世人只道太后做妓女，滑天下之大稽，却未想那样的境地与生活岂能是她们可以选择的！

历史上的胜利者，没有几个能将大度饰演到最后。或许是胜利来得太不容易，一点风吹草动就心惊肉跳，有人诬告高纬有谋反之心，周武帝竟也信了。

在半年前封侯的那个朝堂上，高纬同北齐宗室诸侯百余人，尽被赐死。

那一年，他刚刚二十一岁。

冯小怜本是早已经做了必死的打算，可是周武帝却赦免了她，将她赐给了代王宇文达。都道冯小怜的美无人能敌，令人见之忘性，他偏偏要证明给世人看，他宇文家族的人，可以不被美色左右。

对于宇文达，后世史书无一不是称赞的语气，《周书》说他：达雅好节俭，食无兼膳，侍姬不过数人，皆衣绨衣，又不营资产，家无储积。周武帝果然会识人！

可是很遗憾，宇文达碰到的是冯小怜，昔年高纬倒是阅尽人间春色，遇见她，不一样见之恨晚，宁愿弃去江山来换她一笑。他的禁欲，是因为自律，而不是无情，所以这一次，怕是会让周武帝失望了。

迎冯小怜进门，宇文达比素日更端了架子。他也知这个女人身上颇多是非，不知道多少人在周围盯着他的一举一动，不能不小心。

宇文达的所思所想，冯小怜一点也不在乎，自打高纬死后，她便是得过且过地活着。她不感叹命运，也不悲怨人生，她觉得能有一段那样光鲜靓丽的日子，经历过那样一场刻骨铭心的爱情，此生便无憾了。余下的时间，就是回味从前也能过得下去。

所以，宇文达在她眼中，就是一个寻常到不能再寻常的男人。如果定要找出他的一点不寻常，也许就是他的看似无情。之所以说看似无情，是因为他不是真的无情，而是将情看作孽欲，藏得很深，整日都是小心翼翼地做人，从来不曾有松懈的时候。

这样的人，对那些趋之若鹜、蜂拥而上的女人当然不会动情，而那些贤良淑惠、温柔可人的女人又无需他动情。所以，如果说世上还有人能让他抛弃所有顾虑，放下所有拿捏，那么，这个人只能是冯小怜。

因为她的淡然，因为她的不追逐，当然，也是因为她的美丽。

闻其名而未见其人时，宇文达曾嘲笑过高纬的好色，见到了冯小怜，他才发觉自己坐井观天的无知。他可以忍得了一时不去想她，却忍不下每次遇见的擦肩而过，每次寒暄的点到为止。她越是平静，他就越是忐忑。她奏琵琶时，他远远地站着听，却不敢走近一步。

他怕，怕被她的美吞噬，被她宁静若水的心撩缠。

然而有一天，他终于下了决心，又一次琵琶声响起的时候，他朝她走了过去，一脸的视死如归。

原来，美丽是可以致命的。

从前，宇文达就不常留恋在侍妾那里，而今，代王府的女人就更看不到他了。连代王妃李氏都有了怨言，仿佛宇文达一世英名已经毁于一旦，当然，更多还是因为女人的嫉妒。连宇文达这样的人都能被她俘获，那么普天之下是不是所有男人都甘愿在她裙下做鬼？

越是这样想，就越是在自我折磨，李氏怎么就不明白，许多人与人之间无奈的差距是很难弥补的。有这个功夫自寻烦恼，不如静下来，将心放了别处。男人最怕的就是女人若无其事，要是打定主意冷他一冷，不拿感情当一回子事，保不住真有意想不到的效果。

可是有几个女人能放得下呢，所以，忧愁的人继续忧愁，而冯小怜，更加自在，鲜妍。

宇文达常央求她弹琵琶给他听，有一次，她弹了《无愁曲》，到那伤情处，一用力，琴弦"嘣"地一声断裂，她便再也弹不下去了。本以为早就遗失在光阴深处的往事又一幕幕重现眼前，惹得眼泪止不住地流下来，仿佛是才知道，那个藏在她心底最深处的人，早已经同她阴阳两隔。

宇文达不知发生了什么事，慌忙上前安慰，她这才回过神来。她不想隐瞒她的情感，看着他满是疑惑的眼睛，哽咽着吟出了一首诗：

虽蒙今日宠，
犹忆旧时恩。
欲知心断绝，
应看胶上弦。

宇文达恍然大悟，原来她的心，一直被曾经的记忆占据着。那个一生肆意妄为，被所有人视作昏庸的北齐后主，是她一生都不能忘却的爱恋。他在她心中的位置，未能敌得过一个已经故去的人，不免有些惆怅。但他也因此而更加敬重她，倘若今朝也成过往，她这个不忘旧情的人，定也会将他时时放在心上。

庭院无惊，岁月安好，只可惜这样的日子，也未能到最后。

虽然未有大动干戈，北周的结局也好不过北齐。宇文家族诸多子孙在不到一年的时间，皆遭外戚杨坚诛杀，宇文达亦没有幸免。

（四）

隋替代了北周，以迅雷不及掩耳之势。于是，冯小怜不得不再一次，站在了尴尬的位置上，任人处置。

隋文帝杨坚久闻冯小怜之名，也是心向往之，但却不敢有任何举动。他的皇后是独孤伽罗，出身于八柱国世家，是北方最大的门第。新婚之夜，独孤伽罗就逼杨坚发下重誓：绝不纳妾。如若不是娶了这个独孤家的七小姐，他只怕此时还是默默无闻。所以，直至做了皇帝，杨坚也不敢违背当年的誓言。

杨坚只得遗憾而又无可奈何地将冯小怜赐给了他的爱臣，陇西郡公李询。

这就叫冤家路窄，李询竟是昔日代王妃李氏的嫡亲哥哥。因为被宇文达冷落，失望的李氏曾一度想过寻死。所以，李询的母亲，是抱着替女儿寻仇的心来对付冯小怜。

在李询家的日子，叫暗无天日。原本她是被赐给李询做侍妾的，可是刚进李家门，李母就逼她换上一身粗布衣裳，做一般下人的活。每日天不亮就起床，春米、劈柴、烧饭、洗衣，稍有怠慢，便是棍棒相加。

冯小怜自来被人高高在上地捧着，身边侍女一度达到几千人，什么时候受过这样的凌辱？一个人可以不挑剔生活的方式，但是不能丧失最后的底线，如果到这个时候还要去苟且地活着，岂不是自我作践！

又到了月圆之夜，推开柴房破朽的门，她想去看看月亮，可是很遗憾，除了阴沉沉将压下来的几片乌云，她什么也看不见。好在倒也

无所谓了，梁上悬下的白绫，已经打好了死结。冯小怜对着镜子，看着自己略带憔悴的脸，撇嘴一笑，那笑，依然倾国倾城。

这个结局，不好也不坏，并非圆满，却也不惹人涕泪。

末了，还是记一首李贺写的诗吧，虽诉不尽她的风流，但聊胜于无。毕竟，山河在，岁月在，情在，佳人在，你还要怎样的过往？

> 湾头见小怜，
> 请上琵琶弦。
> 破得春风恨，
> 今朝值几钱。
> 裙垂竹叶带，
> 鬓湿杏花烟。
> 玉冷红丝重，
> 齐宫妾驾鞭。

　　　　　　　　　　——《冯小怜》

何时度尽桃花劫——萧氏

（一）

江陵的二月，乍暖，还寒。

风，还是冬日里的那股子风，只是拂到脸上，叫人不怎么怯懦了。就如同暮年的英雄，没有了昔日的锋芒，便更觉可以亲近。

她就生在这个季节，可也正是因此，她有了足够的理由去叹息。

"江南风俗，二月生子者不举"，这里的不举，可以做各式的理解。寻常人家的孩子生在了二月，顶多会唉声叹气一番，虽命途多舛但好歹可以过活。可是她生在了帝王家，便多了许多顾虑。家事，有时就是天下事，只妨了自己的前程还好，怕就怕连同误了家国大业。

那时的后梁，虽只是一个江南小国，但承继的却是一代枭雄萧衍的霸业。昔日的南朝梁国同北魏、东魏都是可以分庭抗礼的，只是自那场"侯景之乱"以后，伤了元气，就一蹶不振了。如今萧岿统治的后梁，只守了荆州一点地方，处处受制于人。偏偏萧岿还是一个不

甘平庸的皇帝，整日里想着复国大业，行动如履薄冰，怎么肯出丁点儿差错。

要怪，也只能怪她生不逢时了。本来她是要被溺死的，只是母亲张姬怎么也舍不下女儿，跪在萧岿的面前苦苦哀求，好歹留了性命，但被立即遣送出宫，给了皇室的远房亲戚。

这一切，她都是听养父萧岌说的。养父母从来不避讳同她谈论身世，他们总是郑重其事地告诉她，你是后梁的公主，不过只是流落凡间。

这些话总会给她带来一些遐想，以为自己有朝一日还能回到那想像中的富丽堂皇的地方。然而随着渐渐长大，她终于明白，似乎没有这种可能。

养父母相继病逝后，她又辗转到了表舅张轲家。张轲家生活更加清苦，青黄不接的时节，甚至无米下炊。但他们视她为掌上明珠，省吃俭用也要请了人来教她读书识字。那段日子，皇宫的梦离她就更远了，但她是快乐的，这个家虽然贫穷，但异常温暖。

外面还是风云变幻的世界。那一年，后梁依附的北周被宰相杨坚窃了国，改朝换代成了隋。当然，对杨坚来说，这仅仅是个开始。萧岿也看出他的野心绝非是收拾后周那个旧摊子，所以自打开始，就躬首低腰地加倍捧上了贡奉，一年年地买得一个心理上的安慰。杨坚也不动声色，一副诚心交好的姿态，暂将干戈化了玉帛。治大国和烹小鲜有时真是一个道理，未必有什么可循的章法，酸甜苦辣咸的滋味用巧了，便是一盘子好菜。

如果不是独孤皇后的一句话，或许隋与后梁的关系也就仅此而已了。晋王杨广到了该选妃的年龄，母亲独孤皇后只对杨坚说了一个要求：要江南美女。当然，这句话仅是点到为止，能做晋王妃的，定然不能是寻常的江南美女，名门闺秀、德才兼备……这些背后的条件，一件都不能少。

想必杨坚又是经过了一番政治利弊的权衡，不然江南又不是只有一个小国，为何打定主意去选后梁的公主？他派了使者陈中去后梁提亲，萧岿喜不自禁，慌忙叫了年龄适当的三位公主，细细地梳妆打扮一番，任凭着陈中挑选。

三位公主的高贵仪态自是无可挑剔的，陈中一时也定夺不下，只将她们的生辰八字要了去测算。谁知，测算的结果让萧岿大失所望，三位公主无一人同杨广八字匹合。

这难道就是天意？萧岿长叹一声，终于也无可奈何地摇摇头，他知道，杨坚绝不会冒这个险，让儿子娶一个八字不合的女人。正当陈中准备离去的时候，一旁的宫妃悄悄地提醒萧岿：还有一个公主，寄养在宫外。

萧岿的脸色突然变了变，眼前出现一个襁褓中婴儿的模糊影子，他差点不记得还有这样一个女儿了。他还在犹豫着，陈中却怕回去交不了差，执意要看。于是，萧岿只得派人去找，心下其实不抱任何希望的。

宫人到了张轲家的时候，她还在院子里帮忙干活，看着突然闯进的一屋子人，有些茫然。她根本没有什么梳洗的时间，只是随意拢了拢头发，便上了车子。走时，并没有刻意地同舅父母告别，她总觉不多时便可以回来。

谁知道，这一去，竟没有了回头。

第一次进宫，没有想像中亲切的感觉，就像第一次看到她的父亲，竟没有多少心底的共鸣。这完全是一个陌生的人，威严，不容易接近。

可是所有的人，都被这小小年纪的公主征服了，尤其是陈中，他暗叹这才是真正的江南美女，清丽温婉，见之如沐春风。她不像她的姊妹们，高贵虽高贵，好看也是好看，但少了外面广阔天地赋予的灵气。她是青山绿水间长大的，也是淡妆浓抹总相宜的。

当然，她还需要过最重要的一关，同杨广配合八字。别人问到她的生辰，她总是有点小小的自卑，她知道当初就是因为命不好而被抱出宫去。所以，她也无论如何也没想到，占卜师对萧岿说了声：恭喜！

于是她满眼都是围着她团团转的身影，和一声送一声的"公主"。她看到那个应该是她父亲的人，远远地站着，也笑了。

对后梁皇宫，她真正的家的记忆，也就仅此而已了。几天以后，她随大队车马北上长安。从那开始，我们该称呼她为萧氏了，一个连自己名字都不曾有的公主，要即将开始她新的生活。

册封典礼之前，独孤皇后请了袁天罡替他们选一个好日子。见到萧氏，这个名闻天下的神算子突然说了八个字：母仪天下，命带桃花。如若是求卦签，这应当是上上签。但此时最兴奋的人，还不是独孤皇后，而是晋王杨广。他一直在纠结着"母仪天下"四个字，他想，她未来如果母仪天下，那不就意味着他是皇帝了？这触动了他埋藏在心底最深处的欲望，他开始注意他的哥哥，太子杨勇，想着许多以前根本不敢想的事。

萧氏并未怎么重视袁天罡的话，她对命数这个东西不太相信。出生时不就被说命不好，可是辗转了一圈，还是回去当了公主，而且还是后梁最有前途的公主。所以，她根本不在乎什么母仪天下，不太可能的事，她从来不去多想。相比之下，她倒是有点在意那个"命带桃花"，可是，那个袁天罡怎么没有解释清楚，这个桃花，究竟是桃花缘，还是桃花劫？她偷偷看着杨广，暗忖道，她难道还会碰见除了他之外的男人么？

当然，这只是一时想想，册封晋王妃的日子已经订好，她安心地等待着。

（二）

比起曾经的日子，皇宫里的生活何止是枯燥。好在长安有胜于江南的更加分明的四季，时常可以提醒你冬的凛冽和夏的炽热，让人不至于永远浑浑噩噩。

那一天，杨广匆匆进来找她，想说什么又不敢抬起头来望她的眼。迟疑了半天，终于嚅嚅道，萧岿病逝，已经归葬纪山的显陵。

萧氏心里一阵感激，想着他为了她才打听得这样明白。只是，对着父亲的死，她并没有什么悲痛欲绝的心情。

看着萧氏平静的脸，杨广确实有一点小小的失望，难不成还是自己小题大做了？其实，他只是不懂她同父亲之间的一种特殊情感。先前，她是预备着恨萧岿的，恨他狠心地将她驱逐出宫，没有一丝犹豫。可是见到了却没有提得起恨，她记得她被选去隋宫时，他也同众人一起笑着，一脸的得意。那是父母炫耀自己孩子时才有的表情，那一瞬间，她原谅了他。

但是，萧氏同父亲的关系也就是仅此而已了，没有分明的恨，也就不会有多么强烈的爱。所以她抱歉地对杨广笑了笑，仿佛是她的家事让他见笑了。

后来，萧氏隐约地听说，她的一个兄弟萧琮继了位。她没有见过萧琮，但却替他隐隐地担忧。她不懂政治，但能觉察出杨坚的励精图治和一统天下的雄心。她总想找机会问问杨广，后梁会不会有事？可是却开不了口。

直到有一天，在宫里见到了萧琮，才知道，她的国家亡了。萧琮是杨广带来，特地让她见见的。萧琮见了她，忙上前去叫了声"公主"，似发现不妥，又连忙改口称"王妃"，一脸的诚惶诚恐。对着一个不曾谋面的兄弟，萧氏落了泪，虽未曾做过几天后梁的公主，可那到底是她的家人。

萧琮被封为莒国公，就留在了长安，可是她再也没有见过他。对于一个亡国君，家国是心中永远的不能触碰的痛，不回首也罢。

完成统一大业，就只剩了一个陈国。萧氏知道，这样建功立业的绝佳机会，杨广不会舍得放弃。于是，未等他开口，她便开始给他收拾行装。那是她嫁给杨广后，一段最长时间的分离，杨广率了几十万大军南下，一路所向披靡。

公元 589 年，隋一统南北。

自江南回来，萧氏发现杨广有些变了，他开始心事重重，很少能有安静待在王府的时候。她自来不是一个多事的人，但免不了随口问几句，杨广却一反常态，不耐烦起来。

他从来不曾对她这么没有耐心的，她难免一阵委屈，打定主意不再管他的事。可是没过几天，就有人偷偷地告诉她，杨广去了宣华夫人那儿。

对宣华夫人，萧氏所知不多，只听说是陈国的公主，是亡国君陈叔宝的妹妹。独孤皇后治理后宫十分严厉，又容易嫉妒，连杨坚都畏惧几分，并不敢朝三暮四，唯独对宣华夫人宠幸异常。

她不知道，杨广和父亲的宠妃会有什么关系，按理说，杨广不是一个做事莽撞的人，难道他真的喜欢宣华夫人，到了甘愿冒险的程度？

她不由得坐立不安起来，替杨广担心，当然，免不了心下不是滋味，她不承认那是嫉妒，但分明就是。

当他的面，萧氏还是隐忍着，不曾埋怨半句，但女人隐藏怨气，向来都是摆明的掩耳盗铃。杨广是聪明人，他不是看不出来，只是他不想解释什么。有许多事,他并不想萧氏知道得那么清楚。任何一个男人在这个世上,总不会很容易地就对自己的现状满足,于是便有了不能对外人道的欲望。他的欲望,其实很容易去想,世上少有人不想当皇帝,何况他还是皇子。虽然,太子是一早就立好了的,但历代宫廷的政变启迪他们,机会总还是有的。觊觎着并不属于自己的东西,算计着亲情,总不是一件光彩的事。所以,他不想告诉她,他是宁可让她误会着,也不肯让她看低。

当她终于想清楚一些事情的时候,已经是山雨欲来了,宫里上下都传着,要出大事了。杨坚已经对太子发过几次怒,连独孤皇后也不再替儿子说半句话。萧氏隐约知道太子杨勇这个人,爱好奢华,但是直率坦诚,因喜怒形于色常会得罪人,但他一贯性子如此,怎会突然闹得这样大?

直到废太子的诏书下来,她才终于明白,杨广终日忙碌的是什么。想必这次皇宫的重新洗牌,宣华夫人起的作用不可小觑。

成为太子妃的那天,萧氏并没有特别喜悦。她觉得要完全融入这皇宫,还需要时间,因为一切都不像她想像的那样简单。杨广的兴奋倒是被人看在了眼里,当上太子,已经成功大半了,这一天来得比他想像的还要快。笼络宣华夫人,是听了旁人的建议,不想竟起了关键作用。盲目地做很多事,有时还抵不过宣华夫人在杨坚耳边的一句话,这就是枕边风的力量,没有办法。

所以,杨广一直很感激宣华夫人,当初是他带兵灭了她的国家,让她流落异乡,如今命运无常,她竟然成了他的贵人。

仁寿四年的那件事,很少能有人说得清楚,连萧氏知道的也不真切。杨坚重病卧床已经很久了,众嫔妃衣不解带地照料,那天宣华夫人从大宝殿里出来如厕,遇见了路过的杨广。那场相遇,已经被添油加醋成了历史的笑柄:杨广忍俊不禁,唐突了佳人,宣华夫人奔到杨坚的病榻前，哭得梨花带雨，也惹得龙颜大怒。都道是那一刻，杨坚终究认清了逆子的面目，愧恨当初轻易地废立太子。

这些事，萧氏怎么也不愿相信，她想着他已经是太子了，什么事非得急于一时？其实，她就是不想承认，他冒如此不韪，是为了宣华夫人。

不过，杨坚确实死得不明不白，弑父戏母的罪名是彻底扣在了杨广头上。好在他并不在乎，从他夺取本属于哥哥的太子之位时，就早已经将亲情践踏过一遍了。

也是向流言示威，继位当天，杨广纳了宣华夫人为妃。他没有想到，就因为这个，萧氏第一次同他耍了性子。

杨广对萧氏是一向敬重的，认为她身上具备一切贤妻的美德，而这样贞德的皇后，是不应该干涉皇帝喜好的。但是她也有委屈，天下美女那么多，如何非要宣华夫人，还嫌是非口舌不够多？

对于她的坚持，他无奈地让了步，将宣华夫人遣到了远离禁宫的仙都宫。而后，整日闷闷不乐，连政事都提不起精神来打理。都道是他因宣华夫人，得了相思病，其实，这是和萧氏赌气，做给她看的样子。她不理也就罢了，偏偏还拿他无奈，纠结了几日，主动派人将宣华夫人接了回宫。

打那以后，他的事她再也不多问了。她总算知道了，"萧皇后"远不及晋王妃自由，许多从前能管的事，现在连提也不该提，在这个位子上坐得长久、惬意，要习惯眼不见心不烦的顺从。

无论以前的那个男人是如何，一旦坐上了皇位，是注定要变的，有时并非是自己要变，而是不能不变。

（三）

肃肃秋风起，悠悠行万里。

万里何所行，横漠筑长城。

岂合小子智，先圣之所营。

树兹万世策，安此亿兆生。

讵敢惮焦思，高枕于上京。

北河见武节，千里卷戎旌。

山川互出没，原野穷超忽。

撞金止行阵，鸣鼓兴士卒。

千乘万旗动，饮马长城窟。

秋昏塞外云，雾暗关山月。

缘严驿马上，乘空烽火发。

借问长城侯，单于入朝谒。

浊气静天山，晨光照高阙。

释兵仍振旅，要荒事万举。

饮至告言旋，功归清庙前。

——杨广《饮马长城窟行》

"隋炀起敝，风骨凝然。隋炀从华得素，譬诸红艳丛中，清标自出。隋炀帝一洗颓风，力标本素。古道于此复存。"并不是许多人知道，后世文人对杨广的诗文有如此高的评价。就如同，因为一条大运河，他开创科举、安定西疆的功绩常被湮没不提。

有人列举了杨广大业四年至十二年的罪：三打高丽，两下江南，一巡长城。这还不加两次西行大漠边关的拓疆。饶是杨坚留下的江山再富足，也经不起这一番折腾。杨广却只沉浸在"京师之钱贯朽而不可校，太仓之粟腐败而不可食"的满足中，不知这些总有一天有挥霍完的时候。

每次游江南，他定要带了萧氏一道去。虽不是回她的故乡，至少可以离打小生活的地方近些。乘着水殿龙舟，遍历江南春色，她却高兴不起来，明眼人谁看不出，他是今朝有酒今朝醉。可她只能缄默着，将愁绪付诸笔端，"……慕周姒之遗风，美虞妃之圣则。仰先哲之高才，贵至人之休德。质菲薄而难踪，心恬愉而去惑。乃平生之耿介，实礼义之所遵。虽生知之不敏，庶积行以成仁。达人之盖寡，谓何求而自陈。诚素志之难写，同绝笔于获麟"。

这一篇明心迹的《述志赋》，众人都道是励志，其实当中的无奈怎能看不出来？像齐威王的虞妃那样助君勤政爱民、比肩尧舜，她怕是心有余而力不足了，此生可能实现的只有尽力仿效周文王夫人的周姒，培养出周武王般英明的继承人。所以，她把全部精力都放了太子杨昭身上，教导他克勤克俭，宽厚仁慈。

那一年，杨广竟有大半的时间都流连在江南，杨昭朝见父皇，禀奏国事，也只得自长安跋山涉水地赶了去。江南不似北方的干爽，杨昭一时不耐暑热，沿途就病倒了。

萧氏终于也没能见到儿子最后一面，悲痛可想而知，这是她第二次对着杨广发了脾气。像曾经遣走宣华夫人一样，杨广暂时是收了心的，却也不知道能够坚持得了几时。

> 我梦江都好，
>
> 征辽亦偶然。
>
> 但存颜色在，
>
> 离别只今年。

永远不要说明天要做什么，因为没有人能够保证得了明天。这是他又一次下江南前，留给了长安宫人的诗，意思是暂时小别，来年再见。孰料，那一别，竟成了永久。各地的农民起义已经是风起云涌，天下豪杰称雄割据，又回到了南北朝的纷争乱世。一朝梦醒在扬州，他发现长安，他的家，回不去了。

他们许久不曾像现在这样亲近了，朝不保夕的日子，他发觉还是旧人好。新人们只会对着他唉声叹气，一句接一句的"怎么办"令他心烦意乱。而萧氏，却可以平静、温暖他的心。他早早地预备下一缸毒酒，给众宠妃们准备好了后事。但这却不是给她喝的，他握着她的手，凄然道：朕不失为长城公，卿亦不失为沈后。

昔日陈后主就是在江南亡了国的，杨广曾给了他长城公的封号，沈后即是后主的皇后。这怎么听都像暗地里给萧氏的承诺，虽凄惨，却不亚于死生契阔、与子偕老的誓言。她听着不由得湿了眼，终于明白在他心中，她还是最重的，如果能活下去，他不会忘记牵着她的手。

只是，她终究也没有陪他走到最后，他是被他的宠臣缢杀的。那天，他看着闯入离宫的宇文化等人，疑惑道：朕实负百姓，然不负卿。真真是可笑，这还有什么可疑惑的，他也是玩过政治的人，当年不也用了同样惨烈的手段伤了他的父亲和哥哥，"江山白骨筑，历史鲜血书"，他怎么会连这个都想不明白。

萧氏闻讯赶来的时候，大殿已经平静如常了，她看着杨广的尸首，对着宇文化破口大骂，那一刻，她是报了必死的心。

宇文化竟然由着她骂，不反驳一句，她只当他是内心有愧，不知道他其实早打了别的主意。

对她动心，应该不是一时半会的事。男人们对着她想三想四倒是正常，只是从来都是有心而无胆，如今总算有了绝佳的机会，宇文化

怎么会放弃？

别忘了，她的命数是"母仪天下，命带桃花"，只应验了一半人生，怎么会结束？想必她早也认命了，宇文化的所有请求，她都默许。最后，只求了一个条件：厚殓炀帝。

离宫的一切都没有什么变化，只是隋炀帝换成了宇文化，先前他还假惺惺地立炀帝的侄子杨浩为帝，不足半年便将其杀害，自立为王，建许国，改元天寿。萧氏就从皇后变为了许国的淑妃。

宇文化是一个典型的公子哥，家世官宦，年纪轻轻就袭了父亲的封爵，奢侈贪婪比杨广还胜了好几分。这样的人，怎么能守得住皇位？许国存在不足一年的时间，就被窦建德灭了国。

窦建德早年是一个隋军中的小头目，因目睹兵民生活的困境，不满隋炀帝的统治，做了反隋的义军，后在乐寿建了大夏国。讨伐宇文化时，他打的竟是为炀帝报仇的旗号。都知道他是想趁乱世讨个便宜，萧氏却当了真，将他看成了忠臣孝子。

窦建德拜见她时，毕恭毕敬地称呼了"皇后"，还在后宫另辟一宫，供她居住。开始，她很是欣慰，可是时间稍长便看出了端倪。窦建德不似宇文化等人，轻薄无行，他看上去忠厚老实，可整日无事献殷勤，谁还觉不出点什么。

萧氏终于又被窦建德纳为妾时，自己也觉得有些好笑，她戏谑着想，大夏国虽小，但到底也是个国，她也就又是皇妃了。乱世中，不知有多少人性命不保、颠沛流离，而她竟然总能伴随在君王旁侧，留住富贵荣华。

嘲笑命运总比被命运嘲笑好，能够看得开，也是一件幸事。

（四）

　　她在大夏后宫里的时候，并不知道，有人在四处打听她的下落。十几年前，为了同塞外称雄的突厥和亲，萧氏与杨广将宗室女收为义女，封号义成公主，远嫁突厥。炀帝曾带着几十万人巡边，张扬国力，那次到了胜洲，便同萧氏在行宫里接见了义成公主与启明可汗。

　　启明可汗死后，义成公主遵照突厥婚俗又先后嫁给了义子始毕、处罗可汗。四处寻找萧氏下落的，便是处罗可汗的人马。得知了萧氏的下落，义成公主迫不及待地请求处罗可汗出兵围困窦建德。

　　对着强势的突厥兵马，窦建德也不敢轻举妄动，他看着萧氏，依依不舍，只盼她能说一句想要留下来的话。

　　看着他怯懦而又期待的眼神，萧氏有一丝感动和酸楚。她明白，这个男人是真心实意想要她留下，可是于情于理，这又怎么可能呢？

　　窦建德已是她遇见的第三个人了，竟又是不能长久的。她命中的桃花，显然不是桃花缘，可若是劫，何时才有度尽的一天？

　　她果决地带着炀帝的皇孙杨政道，坐上了北去突厥的马车。窦建德带人为她送行，她却头也不回。不是狠心，而是不敢回头，怕噙在眼中的泪止不住落下来。

　　此去，是一个更遥远而未知的地方，在有生之年，故国，中原，还能回来吗？

　　一路跋山涉水，足有半月，方才到了突厥汗国。迎接他们的仪式是盛大而隆重的。所有人都对她行最尊贵的礼，称呼她"皇后"。她感受到了这个以狼为图腾的民族的热情，尤其是处罗可汗，他目不转睛地看着她，丝毫不避讳，惹得一旁的义成公主尴尬不已。

　　这个民族的人生来便是狂野、豪放，向来不会隐瞒情感，他们很疑惑中原人的一点，便是以含蓄为美。虽身处塞外，处罗可汗也不是没有看过江南美女，只是见了萧氏，他才明白，为什么她可以贵为皇后，为什么窦建德对她那样依依不舍。

于是，他不假思索地将萧氏安顿在定襄城中，然后对义成公主说，他要娶她为妃。

这显然不是商量的口气，那一天，义成公主跪在萧氏面前，痛哭不已。在她心中，萧氏一直是尊贵的母后，即使隋已经亡了，这种情感依然不曾改变。她将萧氏迎来突厥，纯是一片好意，不想却又将她推向了火坑。

她不知道，萧氏能不能原谅她。

萧氏扶起她，替她擦干了眼泪，只笑了笑，没有说什么。或许那天看着处罗可汗的眼神，她早已做好了准备。再者说，相对于曾经历经的一切，这也算不得什么。一个人的命数都是定好了的，除了去顺从，还有什么办法？与其哭泣着接受，不如微笑着享受。

做了王妃不到一年，处罗可汗病逝，他的弟弟颉利可汗继位。在突厥，无论谁继位，她与义成公主都须得被新可汗接纳，这是无法改变的习俗。不伦不类地与义女共侍一夫，在汉人看来，定是做了笑柄的，好在这是异国他乡，入乡随俗，她还是懂的。

一转眼，就是十年的时间，这是她人生中少有的大段平静的时光。开始几年，她还时常想江南的家乡，中原的故国，可是渐渐地，她就不怎么回首往事了。闲聊时，听着有人告诉她中原的纷争已经平定，新建立的大唐是多么的强盛，就像听着别人家的故事，也跟着泛泛赞叹，但并不觉同自己有任何相关。其实突厥同大唐的争斗一直没有断过，因你争我夺看得太多，她也不留心就是了。

贞观四年的正月，定襄城风寒雪冷。在这个最令人放松警惕的天气里，唐将军李靖、李绩等人率骁骑三千突袭定襄城。那一仗，杀了义成公主，俘获了颉利可汗，也亡了东突厥汗国。

萧氏一直在等待着同义成公主一样的结局，不曾想却在唐营成了座上宾。还未等大队人马班师回朝，唐太宗李世民便派了特使，先一步迎接萧氏回长安。

第一次到长安，她正值豆蔻年华，如今，再谈起年龄便太尴尬了。就是在这里，袁天罡看透了她的命数，几十年过去了，"母仪天下，命带桃花"——应验。这个年纪，该是一切都结束的时候吧，她已经遇到了五个男人，五个大国小国的君王，在历史上，也是罕有的传奇了。

确实到了该结束的时候，只是，她还没有见到那最后的一个男人。

对这个前朝的皇后，李世民一直抱有好奇之心，他听过她传奇的经历，知道她不衰的盛名。只是他想，塞外的风沙与岁月的磨砺定然已让她沧桑不已了，他遗憾着，没有机会看到她昔日的容颜了。

众人定然也是抱了同样的心情去看她，所以，朝堂之上才会有那倾倒众生的一幕。她的一生，每次关键性的出场，都是一场惊艳，这次依然没有例外。

当然，要论与曾经的不同，肯定是有的，只是岁月和风沙在她脸上留下的细纹并没有使这个江南美女的容颜苍老，却给她的温婉赋予了生命的力度。

李世民一向以隋为鉴，崇尚节俭，欢迎她的宴会却是第一次破了例。他指着灯火辉煌的大殿，问她，与曾经的隋宫相比如何？

昔日隋宫的豪华与奢侈怎么是唐宫能够比得了的，但萧氏知道他的用意，他在彰显国力。一个君王竭力布置的盛宴都算不上靡丽，不正是国家之幸？

于是，看着这个年轻的、贤明的君王，她淡然地说，陛下是开国立业的明君，岂可同亡国之君相比拟！

一句话，不偏袒、不炫耀，又深明大义。那一刻，三十三岁的唐太宗对着一个足可做他母亲的人，动了心。

不顾群臣劝谏，他执意封了她为昭容，她便又在大唐后宫安下家来。

李世民对她，想来是欣赏、敬慕多于恋人们之间的爱，所以，唐宫十八年的岁月里，并没有多少为人津津乐道的事了，这使得她生命的最后一刻，真正地饱享了安逸与宁静。

一生荣华，一世沧桑，一辈子都在同那既定的命运纠结。当无尽的岁月将回忆中不可重来的光阴一点点吞噬，当辗转于乱世的美丽与哀愁重新穿行在盛世的悲喜里，不知她是否会发觉，蓦然回首的瞬间，竟走失了记忆，留下了忘却。

好在，她还可以倚仗着这个透悉世事的年龄，用安然等待的姿势，将未来的明灭和过往的匆匆看淡。

就像，生命从未有过开始，也永远不会有尽头。

平生只慕逍遥游——王珠

（一）

安史之乱后的大唐，已觅不到昨日镜花水月般的幻象。就如同旧时一件夜行的锦衣，初看只道是内敛的奢华，定然匿藏着不为人知的绮丽，无意中掀开那薄如蝉翼的纱，才大失所望。原来，昔日所有的华美都消融在这扑朔迷离的夜色中，再不见半点痕迹。

许多人艰难地拨开尘封的岁月，试图挽住那并未远去的过往，却发觉这根本就是一场欲盖弥彰的闹剧。于是，只能黯然神伤着寂寞，醉生梦死着记忆，或者，索性只是等待着，一切繁华湮灭时，用那首长恨的离歌当哭。

不知王珠是不是该庆幸，她没有对那一段盛世年华的清晰记忆，所以，长安深夜的月下，她轻声拨动琴弦，流淌出的那首《霓裳羽衣曲》才没有人走茶凉的荒芜味道。

然而，不悲戚不代表不感伤，正是因为没有亲临其境，才更加不由分说地嗔怪。如果说女人，注定要在男权世界里俯首称臣，那么，宫闱深处的她们，是否自沦陷的那日起，就注定了一生的无可救赎？

怕是除了王珠，少有人从这首似梦如幻的曲子中，听出怜悯的意味。一笑倾城百媚生，富丽堂皇的大殿上，披挂着五彩羽衣，在觥筹交错中，在君王迷离醉眼的注视下，在磬、笛、箜篌"跳珠撼玉"般的乐声里，旋转再旋转，一直到自以为是的地老天荒。

可是，真的到了那一天，有人却忘了华清宫长生殿夜半无人时的誓言，本应紧握着的两只手，倏然松开。马嵬坡前的那一抔净土，掩得了红颜薄命，却掩不了时过境迁的离殇。

王珠将这种遗恨，归于君王必然的无情，自来被数不清的人捧着，簇拥着，哪里肯真地舍下千金之躯，放下千秋万代的伟业，挡在她的前面。那比翼鸟、连理枝的承诺本来就是盛世逢场作戏的笑闹。

莫说这些对于王珠，只是台上一出剧，一段不关己的旧事，曾经的确是，但当她遇见了太子李适，一切就都不一样了。

天宝十四年那场动乱发生时，李适刚满十四岁。潼关陷落，长安失守，他跟随曾祖父唐玄宗仓皇逃往蜀地避难，历经了一段与曾经天壤之别的日子。那正值一个少年最敏感的年纪，他像是比那些社稷之臣更加担忧李氏家族看上去摇摇欲坠的江山。好在不久，祖父李亨便于灵武继位，父亲李豫被任命为"兵马大元帅"，率军抵御叛军，收复了长安、洛阳两京。

能同父亲一样，身披炫目的盔甲，骑在高头大马上指挥千军，是李适少年时代最大的梦想。终于，六年后李豫继位，给了李适同样的封号，命他铲除叛军最后的余孽。

那已经是一群没有了气焰，再也嚣张不起来的人了，李适不免觉得有些遗憾，他终于盼到一个机会让少时的梦想实现得淋漓尽致，为曾经的颠沛流离复仇，可是，对手却这么不堪一击。

那场动乱终于被抚平后，李豫论功行赏，拜了李适为尚书令，还赐予免死铁券。然而，李适却一点也高兴不起来，在他心底，一直有一处难以言说的伤痛。

那关于他的母亲，一个名叫沈珍珠的宫女。初时逃离长安，唐玄宗哪里顾得上皇宫那么多人，能保住嫡亲血脉便是万幸，所以，沈珍珠同许多宫嫔一样，未及逃走，被叛军俘获，从西京长安劫到东都洛阳。后来，李豫收复失地，终于在掖庭将她救出，安置在了洛阳宫中。

可是，再后来发生的事，却让李适永远都不能原谅父亲。李豫一直不曾给沈珍珠一个名分，也没有将她迎回长安，乾元二年，史思明再次攻陷洛阳，沈珍珠自此失踪。

如今，已经成为太子的李适已经有十年没有见到母亲了，他知道父亲也在遗恨曾经，屡次派人到各处找寻，不但一无所获，反倒引来了许多为了荣华富贵甘愿冒险的人。

那一天，就有一名崇善寺女尼自称沈珍珠，因流落乱世走投无路而皈依佛门。李适听了好一阵雀跃，自东宫飞奔而出，未到半路，就听说此人被盘问时，不小心露了馅，已承认是冒名顶替，原本只是太子所居少阳院里的乳母。

李适失望不已，转身回去后，更觉讪讪无趣，遂命人更衣出宫。长安城里，他有不少世家公子的熟识，但大多只是相携去勾栏酒肆的玩伴，只可举杯笑闹，不能倾诉心事。唯一可以称得上知己的，是长安一个大户家的公子，叫王承升。

王家是世代官宦，书香门第，王承升虽生性倜傥不拘小节，却颇通诗曲书画，尤其好琴。这一点上，两人最有默契，李适继承曾祖遗风，精通音律，也是百般乐器中，独爱古琴。琴对于他，自来不是玩物，而是可以"观风教，摄心魄，辨喜怒，悦情思，静神虑，壮胆勇，绝尘俗，格鬼神"的良师善友。

因琴相知，继而一拍即合，王承升就成了李适真正的挚友。所以，这天李适心情愁郁，他想都没想便去了王家。

雨后乍晴的天气在炎灼夏日里最显可贵，不说池上芙蕖那晶莹的垂露，花间飞燕那细语的呢喃，单是轻风中一股夹着新鲜泥土、草上落叶的香，就已能让人微醺了。但是，在王承升看来，这样的醉显然不够，如果不饮上几杯酴醿，简直就是对眼前美景的辜负。

看来，李适来得正是时候。

小酌的案几就放在后园竹林的外面，不等坐下，李适就拿起一杯酒一饮而尽。旁边的王承升什么也不问，只拿起酒壶，又为他斟了满满一杯。这就是老朋友的会面，不用问究竟，因为一切都在不言中。

三杯酴醿下肚，胸中的闷已消逝了多半，李适终于能够腾闲出心情细赏这雨后美景。就在他不经意间望向竹林深处时，忽听里面传出了绵美悠长的琴声。

只听一声，李适便知，这是相传为孔子所做的《幽兰操》。昔日孔子周游列国，却得不到诸侯的赏识，归鲁途中，见一簇与杂草为伍的幽兰，遂生怀才不遇的感慨，写下此曲。这首曲子并无强烈复杂的音律，但那如空谷幽兰般静谧悠扬的意境却不是谁都能奏得出来的。

李适看不见幽篁深处抚琴的人，但他似乎能窥视到那个人的心。如若没有高洁空灵的性情，如何能将这首曲子诠释得这样淋漓尽致？于是，几杯酒平静下来的心绪，瞬时又被一首曲子搅乱了。

王承升好像又一次看透了他的心思，听了几声曲子，顺口说道，"是愚妹"。

李适什么问题也没有问他，但他知道，这是李适最想要知道的。其实，对于王承升的妹妹王珠，李适早有耳闻，寻常往来的世家公子早就把她的美貌与才情渲染过多遍，只是自持生于帝王之家，什么样的美色都见过，也就未曾放在心上。

今日，未见其面先闻其声已是这样令人心动，始知往日的错实在是不可饶恕。

李适多么想借着酒劲冲进竹林，去看看那到底是怎样的一个佳人，可最终还是忍住了。到底是当朝太子，他不想在王承升面前过于失态。

一曲奏完，天又微微下起了细雨，琴声就再也没有响起。李适只得起身告辞，脸上是抑制不住的失望。

这次小聚，留给李适些许遗憾，却给了王承升不曾预想到的惊喜。凭他对李适的了解，早知他已对抚琴的人动了心。妹妹王珠的美不说是天下无双，但到底是可以拿得出手，与那些宫中女子争奇斗艳一番。"男不封侯女作妃，看女却为门上楣"，王承升不是一个醉心功利的人，却也还是期待那不费吹灰之力的一步登天。

明明是只差一点便可水到渠成，但就是这一点，令王承升有些犯难。妹妹的脾性他知道，向来清高，哪里会任人摆布，让她去奉承李适，比登天还要难。

自那次离开王家，李适便有了放不下的心事，他耳边总是反反复复萦绕着竹林琴声，眼前闪现的却是一团模糊的佳人的脸。于是，他比素日更频繁地去王家，借故下棋、喝酒，却没有哪一次能真正安下心来，因为他再也没有听到那琴声，更别说见到人了。

又一次去王家，他下定了最后的决心，对王承升坦白。他们随意踱步到了竹林外，刚要开口，李适却惊喜地发现远处立着一个白衣女子，虽眉眼看不真切，但那袅娜的身姿，不是王珠还能是谁？

只是女子看有生人过来，一转身去了林子深处，李适下意识追了几步，却不见了她的身影。到了这个时候，还有什么好踌躇的，他回身请求王承升：能否一睹令妹芳容？

王承升去妹妹的绣房时，脚步飞快，心下的激动已经难以抑制。太子开了口，也算半个圣旨，不管妹妹愿不愿意，须得出来一见了。

王承升的朋友，王珠倒也见过不少，一同听琴弹曲、切磋棋艺，也是常有的。可李适是太子，情形就大不一样了，王珠平生最恶附庸，他人争相攀附的事，她却唯恐避之不及。她一点都看不起哥哥那急切的样子，恨道，太子有什么了不起？难保不是一个纨绔之徒。就算是真有什么了不起，和我又有何相干！

可怜李适，并非纨绔之徒，只因沾了皇家名姓，就被她拒之千里。

不过王珠总还是善解人意的，她看着一旁心急如焚的哥哥，早就软下心来。她知道，太子是哥哥的好友，如果执意不见，恐怕是太让他为难了。

平日见客，她还略梳洗装扮一番，此次见最尊贵的人，她反而素面朝天，家常的旧衣也不曾换下，就径直出了门。王承升虽无奈，却也只能由着她去。

（二）

唐朝女子衣饰的典雅华美，少有朝代能及。王珠身旁的两个侍女，都是一身五彩罗纱的阔袖衫襦，眉间贴着花钿，两颊晕着斜红。周身虽未有多少首饰，但颈上璎珞和发间金步摇总还是少不了的。相形之下，王珠的装扮太素淡，一袭白裙上只是点缀着几朵梅花，那发髻也不似大户小姐繁缛的式样，只挽了简单的盘亘髻，插一支玉簪了事。全身上下，除了臂上的一串金丝跳脱，再找不出半点金银饰物。

可是，她就是有这样的魔力，让人能弃去万紫千红只盯了她一个看，并且见后忘俗。

当初听曲时，只道曲已是绝好，见了抚琴之人，才知人才是最好。李适也是少年英雄，文武全才，上马击狂胡，下马草军书，回想这许多年，还没有什么样的场合能让他像此时一样，呆立着说不出一句话。

待他回过神来，眼前已经不见了王珠的影子。他下意识地正要惊呼一声，忽然想起方才她匆匆行礼告退，他好似是点头应允了的，又懊悔不已。一旁的王承升在忙不迭地替妹妹的怠慢道歉，可是，李适又怎么会怪她呢？

他真的要怪，只能怪自己生在帝王之家，如果他只是门户相对的李家公子，凭他的风流神采，凭他对王珠的心有灵犀，就算不能一见钟情，也定有发展的无限可能。现在可好，人也见了，话也说了，却寻不到半点可以渲染的成分。

李适走后，王承升将妹妹狠狠数落了一番，太子殿下诚心示好，这样千载难逢的机会，多少人盼都盼不来，怎么能当儿戏一般随意丢了去？

王珠也不与他争执，只冷笑道，有人在乎的，怕只是做不了杨国忠吧！

这句话说得太犀利，可又不得不承认是实情。昔日杨玉环兄妹的结局人人知晓，却还是人人都羡慕。王承升被妹妹噎得无话可说，甩手离去。

一连许久，李适都再也不曾到王府了，并非他是对王珠断了念想，而是相思已经成疾。

食不甘味、寝不安眠，无论做什么事，去往何处，眼前出现的总是王珠的影子，李适也觉得荒唐，可人心又怎么能掌控。不多几日，他就精神倦怠，形容憔悴了。

早有后宫妃嫔将此事告知了李豫，惹得他好一阵子笑。他不笑太

子痴情，只笑如此简单的事，怎么还需费下这番心力。一国之君看问题，当然不同于常人，普天之下莫非王土，一个寻常人家的小姐还不是呼之即来。于是，李豫命人召了宗室李晟夫妇，去王家传谕，欲纳王珠为太子嫔妃。他用了自认为最简便的方式，替李适扫除困难。

可是李豫终究没有想到，还有王珠这样不同寻常的人，皇宫中的荣华富贵，她视若粪土。那是王珠第一次当着外人的面失态大哭，她边哭边乞求父母莫要将她送去宫里，到那一群女人争来夺去，见不得人的地方，能有什么好下场！

因前些日子与妹妹闹了不和，王承升一直不曾上前言语。但他看到妹妹当着宫中来人的面，越说越大胆，便赶忙将她拉去了里屋。他压低了的声音斥责她：可知抗旨不遵，忤逆圣意是什么后果？便是不为自己想，也不能不为王家着想！

这句话也算戳到了王珠的软肋，她渐渐平复下了情绪，但却依然不肯让步。她央求哥哥，替她想个缓兵之计，进宫的事拖些年月再说。

既然到了这个地步，王承升还能怎么办，他知道妹妹若是被逼急了，什么事都有可能做得出来。于是，他只得先将李晟夫妇送走，而后又寻了个日子将李适约出，婉言推说妹妹年纪尚小，不懂礼节，害怕到了东宫有什么失礼的地方，连累家人。

深陷情感泥潭中的人，就是比素日糊涂，李适竟然没听出这是托词。他急急地问，王珠究竟想要何时进宫？王承升想了想，只得说，等殿下继承皇位，再进宫也不迟。

这话说得实在是有些无礼，可李适非但没有怪罪，反而一口答应下来。在他看来，王珠这样世间少有的女子便是要什么也不过分，况且，等到他真执掌江山的时候迎娶她，不是更加风光？

王珠当然不会在乎他是太子还是皇帝，她搬来时间做救兵，就是想要给他一时的激情泼上冷水。她深知，世间少有什么能敌得过看似轻盈却无坚不摧的时光，许多山盟海誓的爱情都不能，何况他们这样的一面之缘。等有朝一日，她的面容在他脑中渐渐消逝不见时，这段旧事也就不了了之了。

连日来的纷乱已让她多时不曾抚琴了，如今一切暂时平静下来，她的手按在弦上，却不知该奏哪首曲子。《平沙落雁》太闲适，《胡笳鸣》又过于悲怨，只好作罢。

于是，她起身去窗边，嗅那竹林的香气。她喜欢看月光下竹叶斑驳的影子，不论多么黯淡的月光，折射在竹林里，都能晕染开来。白日有众多的花花草草，五彩缤纷的显不出竹的好，到了夜晚，才看得真切。

她喜欢竹就如同她喜欢梅，都是最娴静的，不能被人簇拥，便孤芳自赏。她低头看了眼衣襟上绣的梅，不知怎地就想到了江采萍。

江采萍是唐玄宗的梅妃，也是个不染尘埃、风雅清高的人，被杨玉环那株洛阳牡丹夺取颜色前，也是集万千宠爱于一身。王珠爱她的才，却总是感伤她的身世。这样一个孤傲的人，不在青山秀水间吟诗作画，却为了一个寡情的君王，争也争了，夺也夺了，最后还落得一个"柳叶双眉久不描，残妆和泪污红绡"的下场，真是不值当。

无论如何，她也不能做另一个梅妃，至多一辈子不嫁，独守在青灯古佛旁，也好过寡廉鲜耻地去糟蹋自由和尊严。

可是，她不知道，自被李适喜欢上那一刻起，她已经没有了真正意义上的自由。一个日后要进宫为妃的人，还有谁敢接近？就算有人真的敢冒风险，王承升也是不能允许的。

素日同游同乐的朋友，王承升早已暗中剔选了一番，与那些尚未娶妻，又风流倜傥的公子们邀约，常常借口去别处，再不同以前一样，随意请到家中。妹妹进宫还不知要何时，夜长梦多怕是难免，他

只能尽力将这种可能降到最小。

所以，但凡碰见他在家中与人小酌、对弈，那人要么是已娶妻生子，要么就是性情与王珠南辕北辙，总之，须得王承升先认定，妹妹不会瞧得上。

元士会就是王承升的一个可以请至家中的朋友，他虽性情逸朗，文采飞扬，却早已娶钟府小姐为妻。王承升知他最重情重义，与钟小姐举案齐眉，琴瑟和谐，定不会生二心。

所以，那日与妹妹对弈，中途遇事离开，王承升才敢让来家拜访的元士会顶替。

两人第一次见面就拿了黑白棋子在格子间上杀伐，也倒是有趣。许多人下棋，实应叫"玩棋"，哪里是真正的你追我赶，不过是偷寻一处闲情。素日里打点家事，往来寒暄，不知有多少烦，若还在外谋个一官半职，更是如履薄冰，漫长一生提溜着的心，什么时候敢放下过片刻？也就是在这黑白小天地里，可以长吁一口气，真正将输赢看淡。人生路上走错一步，有时是一错到底，终生不可悔改，而棋错一着，最坏不过片刻之后再卷土重来。

琴、棋、书、画常放在一处说，是因为它们的确是殊途同归，似王珠这般绝顶聪明的人，当然是一通十，十通百，全然不在话下。所以，她并未将元士会放在眼里。

大多个中强手与柔弱的女子对弈，总会礼让三分，为赢怜香惜玉之名。可元士会落棋，却招招逼人。那盘棋，足足下了一个时辰，最后，元士会赢了半子。

王珠似是不相信的样子，还在对着棋盘蹙眉苦想着，不知哥哥王承升早已归来，站在一旁对元士会玩笑似地怪道：如何下手这般狠，让愚妹一子又能如何？

元士会也有他的道理，"对俗人来说，博弈是游戏，但令妹是高手，故同她对决，不敢懈怠，若不尽全力，岂非是对她的亵渎"。

一番话，说得王承升哑口无言，也惹得王珠对他留心起来。只是，越留心她怕是会越感叹，才子佳人的相逢，却不占天时地利的半点可能。莫说她已经是太子选中的人，就算她尚待字闺中，那已有妻室的元士会也不会主动逾矩。

对待一盘棋都如此认真的人，又怎么会朝三暮四，喜新厌旧？

再见元士会时，他还是彬彬有礼，进退有度，从那眉目清朗的脸上看不出心底的一丝波澜。这恐怕就是有缘无分吧，王珠遗憾着，不得不将心收回。

生命中无奈的事，远不止这些，她能在一个尚早的年纪明白了，适时放手，也是一件幸事。

（三）

等待，尤其是漫长的等待，最易让人绝望。如果王承升知道太子继承皇位需要这么长的时间，当初他一定不会为妹妹入宫制订那样的期限。此时的王家，已经是骑虎难下，王珠早已过了女子出嫁的最佳年龄，然而，他们不得不继续等下去。

那一等，就是十年。

大历十四年，唐代宗李豫病重，急忙诏令太子摄政。王承升得知消息后，窃喜不已，好似看到了一丝希望。终于，如他所愿，李豫不久后即病逝于长安宫紫宸内殿中，李适登基。

那些日子，王家就如同有喜临门，连守房的下人们都养成了时常向外张望的习惯，看看是否有宫里来人。一人得道，鸡犬升天，就是不说升天，剔出点小恩小惠，也够受用一辈子的了。

然而，日子久了，就又成了失望，而且这次的失望比从前更加重

了几分。十年，毕竟是一个不短的时间，皇宫那么多可人的美女，李适十有八九是将王珠忘了。那段时间，各处议论纷纷，说什么的都有，可又过了些日子，众人便是说都懒得说了。

只有王珠一人，心里是坦然的，时光果然不出所料，替她冲淡了一切。只是，她自己也为此付出了惨重的代价，每个女人在最好的年龄都应该有一段最值得记忆的爱情，然而她却是空白。

李适并不是故意将她忘掉，只是对一个指点江山的人来说，要做的事情太多。他要实施改革，要武力削藩，要大唐王朝重新回到曾经的盛世模样。而若想延续十多年前的那段情，需要闲情逸致和大把空闲时光，两样他却都没有。

他也还一直派人去寻找母亲，尊封她为"睿贞皇太后"，并在含元殿具册立牌。他多么希望母亲能够亲眼见到他荣登九尊、风光无限，可是，很多事并不是期待就能够实现的，就像此时的大唐，已经过了它最风华绝代的时候，任是谁都无法再扭转乾坤了。

地方藩镇节度使的拥兵自重一直是李适最忧患的事，他唯恐重蹈安史之乱的覆辙，抢先进行了武力削藩。这本是集中权力的必经途径，可是却用错了方式，他让藩镇去打藩镇，使得那最敏感的矛盾更加激化。

建中四年的那场"泾师之变"，让他成为了大唐又一个出逃京师的皇帝，这也是他人生中第二次狼狈地颠沛流离了。起初，他对重回京都已不抱希望，打算远走蜀中，去他少年时到过的地方，好不容易被人劝了下来，才改去了不远的奉天。

最终，只是有惊无险，他流亡半年后，又回到了长安，可是，从此锐气全消。他看出大唐的积重难返，而自己却并无回天之力。

那段艰难的日子里，一直是王淑妃陪在他身边，那是他生命中的第一个女人，她温婉、贤淑，可是紧急关头又有男人都没有的豁达与胆识。当初叛将占领长安，就是她冒着风险将传国玉玺带出的。

她自始至终都是他最名正言顺的妻，不管他日后又有了多少个女人。可是，他却一直未曾封她为后。直到动乱结束，她突然一病不起，他才慌了神。他为她举行了隆重的加冕典礼，百官瞻仰，群臣朝贺，却未能将她的生命多留一刻。

人生失意，又痛失最爱，他有足够的理由用萎靡不振来疗伤。可是，最好的办法还是让他见异思迁。

于是，有人便悄悄提醒，长安城里，还有一个王家小姐。

去王家传召，李适派的是翰林学士吴通玄，想着他博学善文，前去这样的书香门第之家是最合适不过的，不至于话不投机，再生事端。

其实，还能有什么事端，她就是有天大的理由，这次也无法推辞了。她虽依然排斥，依然痛苦，可不得不承认，还是感动的。十几年，有多少人事变迁，人心变迁，他竟还能回来找她。

再见李适，他已经年过不惑，王珠差点没能认出眼前这个成熟、沧桑的男人，就是从前潇洒悠闲的东宫太子。然而李适是惊喜的，他不住地在心里感叹，佳人依旧。

只可惜，她依旧的不仅仅是面容，还有冥顽不化的心。

宫中的生活果然如她想像的一般枯燥、烦闷，虽然他将她封了群妃之首，虽然他挤出一点时间也要陪在她的身旁，可是，她还是不能够，哪怕忍耐着，给他一个笑脸。

昔日，周幽王的褒姒不笑，惹得君主费尽移山辛力，不惜燃起烽火，失信于诸侯。李适不是那般昏庸无度的皇帝，但也是为此绞尽脑汁。他素日极其崇简，曾禁止地方官员进贡奇珍异品，甚至规定银器不得加金饰。可是，为了讨得王珠欢心，他竟下令为她建一座水晶楼。

那日新楼落成，他举办了一个盛大的宴会来庆贺。笙歌艳舞，那晶莹剔透的水晶楼瞬间变得五彩斑斓。应诏前来的群臣命妇和后宫妃嫔无一不叹为观止，个个心里怕是都酸酸地想着，如若自己也能有这么一座人间稀有的水晶楼，今生还有什么所求！

可是，最欢腾热闹的地方，却不见王珠的身影。李适奔上楼去，一间一间房去寻她。末了，在最僻静的偏房里看到她，倚着窗，还是一脸的波澜不惊。

李适的心情顿时黯淡下来，想着他所做的一切，就是铁石心肠的人也该被打动了，为什么就打动不了她？

然而，这恐怕就是两个人永远无法诉清的隔膜，她不是个无情的人，如果是在宫外广阔天地之间，他即便只能在纸上画一个水晶楼给她，她也会心甘情愿地与他携手同归。而此时此刻，对着四周的耀眼炫目，想着日后人去楼空的寂寥，她便再也高兴不起来。

在她身上，李适太有挫败感了，半生的经历已让他知道，家国运势，生离死别，都是他所不能掌控的。而今，怎么连得到一个人的心也做不到？所以，他不甘心放弃最后的努力。

都说"窈窕淑女，琴瑟友之"，但在王珠看来，琴不仅是朋友，更是早已融入到了她生命之中。可是进宫时，她却有意将琴落在家中。李适不知其故，看她房中无琴，只当宫里的乐器她不能看上，私下命人快马加鞭去蜀中取琴。

时人皆知，自隋朝起，蜀地制琴名匠辈出。而其中最盛名的，是雷家所制的"雷公琴"。有传说雷家制琴技艺为神人所指点，雷家传人常于风啸雪飘时前往深山老林，听狂风震树时的声音以挑选良材。

初识王珠，是被她冠绝的琴声吸引，所以，在李适看来，只有天下无双的雷公琴，才能配得上她。

为皇宫制琴，雷家当然是拿出十二分气力。这把琴，琴面用了上好的杉木，做成落霞式，岳山、焦尾均用紫檀。琴面镶嵌着蚌徽，琴轸、雁足配的是蓝田白玉，似乎与当年唐玄宗赠与杨玉环的"冰花芙蓉玉"一模一样。

这些心思，王珠怎么能不懂，她看着琴，落下泪来。她真的不忍心再看着他绞尽脑汁，做一次次无谓的努力了。既然皇宫终究不是属于她的地方，与其最后两败俱伤，不如早日收手，各自解脱。

她平静了一下心绪，焚香净手，预备为他奏上一曲。这是进宫以来第一次弹琴，也有可能是最后一次。

二十年前听过的《幽兰操》再听起来，已经不复当年的模样，不知是因为琴变了，还是奏琴与听琴的人变了，如果说昔日是撩拨愁绪，那如今就是催人泪下了。

也是，当初弹琴是在那雨后竹林，海阔天空的世界里，没有耀眼夺目的荣华富贵，却怡然自得，而今怎么能够与之相提并论！

放她出宫的请求，是奏完曲子，她跪在他面前提出的。余音绕梁，他尚沉浸在刚刚的绝美音律中，不曾回过神来。也许，他只是佯装着逃避，让她在他的面前多待一刻，让这场跨越了数年的爱恋结束得不要太过仓皇。

不知看着她坚定决绝的脸，他是不是也心生了恨意。这恨，因爱而生，更因一直不曾得到爱而生。他如今才知道，有一种人平生的梦想只是去到那山花烂漫的地方，如果束缚了她，也就是束缚了自己。

王珠在几日之后，被遣送回家，除了李适送的那把雷公琴，她身边并无一物。传谕王家的诏书也写得很冠冕，称王珠不能安享富贵，命中注定寒乞，故未违天命强留，日后也不得嫁与官宦之家。考究前因，又斩断后患，皇室做足了面子。

（四）

就这样，王珠又被命运抛掷到了原点，然而已经是物是人非的原点。她自己都知，她再不是炙手可热的王家小姐，生命中还余下的漫长岁月，怕是只能得过且过地活着了。

所以，当已尘封在记忆深处的故人突然出现时，她并没有意识到，这是冥冥之中的上苍给予她的最大惊喜。

再见元士会时，他已经官至中书舍人。对王珠归家一事，他早有耳闻，所以此去王家，虽还是拜会王承升，但内心早在不由自主地酝酿着一场邂逅。

曾经望而却步，是因有些奉为圭臬的东西令他身不由己，而今，希望那一身重孝的素服能让她知道，他已是自由人。

在那条通往竹林深处的青石小路前，他踌躇了片刻，因为他知道王承升正在厅堂等候他，可是，他还是不由自主地朝着那琴声走了过去。

窗下听琴，有时并非是一件绝顶浪漫的事，虽然那曲撼人心魄，技艺炉火纯青，但志忐中，哪里还能真的听进去半点，不过是假借着这个姿态，缓冲思绪，尽力使得见面后的第一句问候、第一个眼神，有惊艳的效果。

琴声入微，必有佳客，这是琴与人的默契。所以，王珠起身朝窗外看去时，才恰好对住了他的眼睛。那一眼，又让他的心绪瞬时飞乱，已想好的动听的话，嗫嚅着，半天不曾说出。

最后，他竟然躬身施礼，喊了声"娘娘"。

他千不该万不该，说这么煞风景的话。或许身为朝廷命官，已经习惯了对于皇室有关的一切俯首称臣，可是，他应该知道，这个称呼对于王珠，不是尊重，而是诋辱。

王珠心中自然不快，待要发作，突然看到他一身缟素，那嗔怪的话就没有说出口。

她只当是高堂辞世，不想元士会解释道，是拙妻亡故。夫为妻穿此重孝，甚为少见，足见从前两人感情深挚。

王珠一时没有了话说，虽然她能自元士会的眼中看出些许温柔，虽然两个人之间已经看似没有了任何的障碍，可是，她还是不敢流露出半点迎合的情绪。

她当然是怕他拒绝，怕他无动于衷，怕他只是一时心血来潮的逢场作戏。她不想承认自己是残花败柳，然而的确就是。

元士会并没有同她一样，有那么多的顾虑，他知道，那个君临天下的男人给过她能令所有人为之动容的荣华与地位，而她却弃之如敝屣。所以，他想知道的事情只有一件，就是此生此世，她究竟期许什么样的生活。

于是，他摸着那把名贵无比的雷公琴问她，君王垂爱，罗绮遍体，珠玉为屋，权倾后宫，为何视而不见？

她只当他也同那些个俗人一样，迷惑不解，替她惋惜，便冷笑一声道，昔日见君为真名士，今日才知原是附庸风雅之人。那皇宫不过是一个金玉牢笼，行动禁忌无数，好端端的女儿们搔首弄姿，围着那一个男人献媚，既不能白首不离，又不能生死与共，有何值得留恋之处！

看着她面露愠色，他竟然笑了，已经得到了期待的答案，还有什么好迟疑的。于是，他抢身上前握住了她的手，来时竭力思索的千言万语终于自然而又动情地一倾而出。

她这才知，原来他是在试探她。既然事已至此，她也需试探他一次，或许不是试探，而是严峻的考验。

　　这其实并不是她的意思，她只是突然记起了皇帝诏书上的那句"不得嫁与官宦之家"，从前并不在意，而今却成了不得不面对的问题。

　　学而优则仕，谁都知道功名对于一个男人的重要性。焚膏继晷，十年寒窗，只为一朝朝服披身，这里面的艰辛与不易是无法同外人道的。

　　何况元士会博学多才，刚正自律，颇为上司重视，正是大有作为的时候。他们面前的障碍看似解除了，实际却更加艰难。王珠已经预备好了，像许多年前一样，让她的感情无疾而终。只是，她还不想立即说破，怎么也要将这种沁人心扉的甜蜜多留长一刻。

　　再进王家的时候，元士会直接前往上房，恭恭敬敬地献上聘礼，向王老爷与夫人请求，娶王珠为妻。旁边的王承升看着他一身布衣，大吃一惊，他知道，这是辞官归家的表示。

　　这段姻缘突然就这样水到渠成了，听到旁人叫她"元夫人"，她常常不能立马回过神来。可是，与曾经的王家小姐、唐宫贵妃相比，她当然更满意这个称呼。

　　有了新的名字，她也打算同她的过去告别了，她知道，元士会能够给她一片更为广阔的天地。

　　除了父母兄长，离开长安时，王珠没有同多余的人告别。能够远离尘嚣，是此生之幸，她不希望看到别人为她伤感的样子。

　　他们携手去了他的故乡郑州，在那里寻得了一处虽偏僻，却山水秀美的地方。他用他的积蓄买了几间房子，几亩薄田，与她过上了日出而耕，日落而息的农家生活。

　　起初，他还担心这过于简朴的生活是不是委屈了她，可看着她怡然自得，安适愉快的样子，终放下心来。

　　此地虽民风淳朴，却不是没有好事之人。他们看夫妇二人神气清雅，举止不俗，知道定非寻常。于是，就有人偷偷在外打听了他们的底细，方知原来一个是当朝大夫，一个曾是皇宫贵妃。原本遥不可及的两类人竟然与他们相距咫尺，可想而知当地人的兴奋。

他们的平静生活很自然地被那些一传十、十传百争相观望的人们打破，起初，还只当是一时的好奇，而后发现，他们的热情只增不减。于是，他们变得小心翼翼起来，再不敢随意地在院内对弈、抚琴。

只是好奇的观望也倒还好，但有些人却因此起了欲念，对王珠的美貌和传说中的家财觊觎不已。

元士会自京城带出的细软在一个月黑风高的夜晚，被窃掠得一干二净，想来是未寻到什么稀世珍宝，窃贼恼羞成怒，还放火烧了大半间房子。

顷刻之间，两人陷入了真正的一无所有。可是，却没有一人苦恼、抱怨。曾经抛弃荣华富贵的时候，他们已经将这些身外之物放下了。只要人在，情在，便没有可以忧愁的。

天尚未全亮，只东边泛出一点银白，隔夜的露水自花叶上滴落，都还没有晶莹的色彩。元士会与王珠就在那样的静谧当中，携手走出了村落。

以后，就再也没有人知道，他们去了什么地方。有人猜测归隐山林，有人猜测游走江湖，还有人为了谄媚讨好，就迎合皇帝诏书中所言"命中寒乞"的话，称二人走投无路，流落到乞丐队中，乞讨度日。

谁都知道，这些全已不重要。他们同最爱的人一起，纵情于自然里，逍遥在天地间，用彼此最真的心，这匆匆而过的岁岁年年，和俗世早没有了任何相干。

然而许多人，却只能在这千疮百孔的浮世里，对着昙花一现的名

利妥协，同错综盘桓的欲望纠葛不清。他们亲自为缚住双手的绳索打了死结，苟延残喘地活着。

也许，当绚美的容颜染上了岁月的尘埃，当祭奠的回忆沦陷在旧日的离乱里，我们会明白，那个华丽而潇洒的转身，原来，是透彻生命的睿智。

落尽繁花春又了——花蕊夫人

（一）

> 五云楼阁凤城间，花木长新日月闲。
>
> 三十六宫连内苑，太平天子住昆山。
>
> 会真广殿约宫墙，楼阁相扶倚太阳。
>
> 净甃玉阶横水岸，御炉香气扑龙床。
>
> 龙池九曲远相通，杨柳丝牵两岸风。
>
> 长似江南好风景，画船来去碧波中。
>
> ……
>
> ——花蕊夫人《全唐诗·宫词》

　　自来诗人作宫词，皆是点到为止，无论"红颜未老恩先断"里的恨，还是"故国三千里，深宫二十年"里的怨，明眼人一望即知，这是隔岸观火的惆怅，拿悲拿愁拿情来掩饰宫院的深不可及，总也比

不得花蕊夫人闲庭信步、随手拈来的从容与真实。

不知从何时起，她的身上，就再寻不到昔日徐家姑娘的影子了。也许是第一次来到这个"夜夜月明花树底，傍池长有按歌声"的地方，也许，是第一次见到他。

那时，已是孟昶做后蜀皇帝的第十个年头了。十年，并不是个多么漫长的时间，可是对于孟昶，却一点都不是转瞬即逝。高祖孟知祥病重，他以太子身份监国并担任东川节度使的时候，尚不足十五岁。那时，他是盛气而敏感的，他知父亲戎马杀伐的不易，也知自己的处境亦是有许多艰难，励精图治的热情勉强隐忍着到了次年继位，便一发不可收拾。

后蜀开国功臣，武信军节度使李仁罕恃功跋扈、横行无道，其不臣之心路人皆知。一日，孟昶不动声色地宣他进宫，执杀于朝堂之上，慑服了满朝文武。随后，孟昶又派兵攻取秦、凤、阶、成四州，大扩疆域。同时废苛法、著官箴、颁郡县、劝农桑，使得蜀地因战乱而大伤的元气，渐次恢复。

北人常说"少不入川"，实在是因为天府之国的安逸，似乎比别处更能侵蚀一个人的豪情与斗志。孟昶极喜兵部尚书王廷珪那句"十字水中分岛屿，数重花外见楼台"，好似身处如此善地，不尽占着大好时光游乐与沉醉，是太过于暴殄天物了。

那时，他最爱的女人是张太华，后人用"少擅殊色、眉目如画"来形容她，想来也知是怎样的倾城美色。不过，在美女如云、新人辈出的后蜀内宫，能让孟昶一看记住，实在是一件幸事，因为，他并非那般泛爱无度的君王，喜欢了，便也想永远不再忘记。

只可惜，张太华终究也没能将这令人艳羡的恩宠担待到最后。

那日，青城山还是一如既往的云海环绕、青翠通幽，即便天色忽而暗了下来，谁也不会多加在意，因为这堪比九天的高度，本就应该是瞬息万变的。张太华已陪同孟昶在山上耽搁了数日，可是，此情此景却又怎么也赏玩不够。他们又一次抛却随从，携手去了丈人观，再回来，却只是孟昶一个人。

那不及掩耳的迅雷与瓢泼大雨分不清谁先谁后，总之，一切再归于平静的时候，张太华已经倒在了孟昶的身边，被震而殒。

她被葬在了观前的白杨树下，孟昶掀开红锦龙褥看她的最后一眼，觉得她只是在沉睡，并未离去。所以，他一度想要在这观中留下来，慢慢品味那还未曾走远的回忆。

花蕊夫人就是在这个时候，出现在他面前的。此时的孟昶，虽已回归了先前的生活，却依然未能放下对过往的追忆。好在周围的人，倒是都比他明白，该如何释怀。

枢密院事王昭远不知送了多少蜀地有名的美女进宫，都是有去有回，花蕊夫人是他在青城偶然寻得的，也算做最后的努力。然而，他见到孟昶抬眼看她的神情，终于长舒一口气，知她已是战胜了记忆里的张太华。

自那时起，她就再也不是徐家姑娘了，孟昶赞她"花不足以拟其色，蕊差堪状其容"，那花蕊夫人的名号还道是委屈了她。其实，花蕊于她，确是名不副实的，花再美，美的也只是形容，而她，那独当一面的才情，不是生生被这恼人的美貌遮掩了？

都道孟昶对花蕊夫人的宠，是连昔日张太华见了都会嫉妒的。花蕊说牡丹好，他就重金收集牡丹种，誓要蜀地牡丹甲天下。花蕊赞芙蓉，他便下令城中，尽种芙蓉。因为花蕊夫人，不但益州变了锦城，连整个皇宫都热络了起来，孟昶高兴，所有的人便也似沾了喜气。就连本应该埋怨她的嫔妃们，也都喜气洋洋，从前见皇帝一面，不知要等几多时，而今宫里二三日便有一场欢宴，众人同乐总强似一人独守空房。

都知花蕊夫人擅诗文、通音律，而这样的女人，好似就应该端坐案前，闲闲地提笔写几句诗，奏几首曲，繁杂俗事一应不沾不染，做得一副不食人间烟火的姿态。而孟昶身边的花蕊，却不是如此，她并非以很多俗事为乐，只因是为他做的，便就心甘情愿。

后蜀宫中，日日都有好花好景，对月小酌是常不可少的。好酒需得佳肴去配，小饮的佳肴不似正餐，不贪多，不贪杂，只讲究一个别致。如若花前月下，再堆着满桌子的肥腻，不消吃，就先坏了心情。这些格调，御厨是领略不明白的，所以，每每极尽所能将山珍海味变着法子侍弄，却只换得孟昶的眉头紧锁。

其实，烹饪美食如同琴棋书画一般，也是讲究境界的，寻常按图索骥，只称得上糊口饱腹，便是遇上一掷千金的人，拿那稀罕珍馐来充数，也算不上品味。真正的高手懂得应时应景、随心所欲，抛却俗常的束缚，繁中有简，简中藏繁，才能得独特的味道。对于那些花哨的烹饪技法，花蕊夫人不甚明了，但她却能深悟此中之道。"绯羊首"是她为孟昶做的第一道小肴，比起御膳房的其他菜品，算是简单易得。只将那洗净的白羊头煮在红姜水里，熟透沥干水分后紧紧卷起，腌渍在上好的陈年酒中，待酒味入骨，即可随时取食。

切成薄片的羊头肉摆在盘里，实在是不起眼，但只要尝了，就一定不会将这种独特的香气忘记，入口是肉香，回味却是酒香。不怪孟昶感慨，也只有花蕊夫人，才有这样的蕙质兰心，将酒肉俗香结合得这样完美。

每到素食祭奠之时，后世文人雅客最喜效仿花蕊夫人自创的名菜"月一盘"，众人只惊异于拿莲粉去拌切好的薯药，略加五味，竟有那样意想不到的清脆香甜，却不知，花蕊真正的良苦用心。她知孟昶过食甘肥厚味，极损脾胃，胃火炽盛而脾阴不足，久之，对气血运化亦是无益，便想尽办法，设计了许多药膳。薯药健脾护胃助消化，莲粉又是最能养心益肾的，这样既有益于身体又兼具色香味的膳食，没有一番精心尝试，是不能得的。

就这样，孟昶对她的恩宠，她努力用自己的方法报答，其实，也不是报答，在远离尘嚣的深宫里，这就是平淡却又点滴皆入人心的相爱。

（二）

> 冰肌玉骨，自清凉无汗。
>
> 水殿风来暗香满。
>
> 绣帘开、一点明月窥人，
>
> 人未寝，欹枕钗横鬓乱。
>
> 起来携素手，庭户无声，时见疏星渡河汉。
>
> 试问夜如何？
>
> 夜已三更，金波淡、玉绳低转。
>
> 但屈指、西风几时来，
>
> 又不道、流年暗中偷换。
>
> ——苏轼《洞仙歌》

后蜀深宫里的琐碎，当然不能一一尽述，但摩诃池边的那个夜晚，却因为苏轼的一首词，变得不容忘却。

如若听不到四处的蝉鸣蛙叫，眼见不得满案的雪藕、冰李，在摩诃池水晶殿里，是察觉不到夏日的。能工巧匠精心制作的水车将池内的水积聚于殿顶，又自四面撒落下来，足以将暑气一扫而光。

那夜，云淡风轻、暗香浮动，孟昶与花蕊小酌微醺，不知不觉间竟已至三更。四周的沉寂打消了朦胧的睡意，他们十指相扣，奔出庭外去追寻那阵清风袭来的花香。

疏星、朗月、佳人，不是所有人都能在印象中将此完美拼合。这个良辰美景，苏东坡想了四十年，自他八岁偶遇曾为后蜀宫女的眉山老尼，听到了她无限眷恋的回首摩诃池边的往事，到终于写下"但屈指、西风几时来，又不道，流年暗中偷换"，这番人世沧桑的经历，也给摩诃池边的携手赋予了忧伤的味道。时光匆匆流走，我们怎么能拼得过清风、明月，任你是才子，是佳人，是执掌天下的君王，在岁月流年面前，永远都是唏嘘却无可奈何的。

述说这段陈年往事，提及苏东坡，并不是舍本逐末，而只是感慨着他对花蕊夫人的感慨。花蕊夫人于他，只是一个传说，可是他却将这个传说一念数年，并终能用如此绝句去超度她，说来，也算是她的知己了。

在花蕊夫人眼里，幸福是安宁且绵长的，一年年重复的风花雪月，她不觉得有什么厌烦，也是，孟昶都不挑剔，她又有什么资格去挑剔呢？

那一年的除夕夜，比往年都冷了些。蜀地自古都有守岁习俗，为辞旧迎新，祈来年万事遂心，故除夕彻夜不眠。对后宫的许多女人来说，迎新之夜最是难熬，来年徒增一岁，美貌便又减一分，想想整日形单影只等待一个很少能等到的人，还有什么可以兴奋的！

这样的忧愁当然与花蕊夫人无关，因孟昶准予她穿回鹘衣装御寒，她正雀跃着，穿上窄袖小衣，踏上六合软靴，准备在即将开始的除夕盛宴上跳一段萨满舞，为孟昶及百官的畅饮助兴。

过了五更，隐约已见熹微晨光，每年这时，就该挂桃符了。桃符自汉代兴起，是将一些禳灾之辞写在一寸多宽、七八寸长的桃木板上，挂在门旁以辟邪禁鬼。为显新意，那一年，孟昶命大学士辛寅逊题写一副联语。

内侍官将写好的桃符送上，孟昶却一点也不满意，花蕊夫人在一旁不说什么，其实心下也知此联不甚工整。于是，孟昶命她奉笔研磨，重提一联：

新年纳余庆，佳节号长春。

此联就是后世春联之始，平实喜庆又出自君王之手，自然惹得满座尽赞。孟昶大笑着转眼看向花蕊夫人，邀她也写一副，花蕊夫人随口推脱着，再待明年。

明年，难道这就是所谓的世事无常，一言成谶？谁又能想到，他们，已没有明年！

五代十国的战事频繁是史上少有朝代能及的，时人对政权更迭、颠沛流离早就习以为常了。五代的开国之君，大多是前朝藩镇，军阀割据、各占一方，虽势有强弱之分，纷争不断，但究竟互留余地，不至于彻底的你死我亡。但是，自公元960年，后周都点检赵匡胤发动兵变，黄袍加身，逼退周恭帝，建立大宋朝时起，情势就渐渐有变了。赵匡胤不似各国君王，安于现状，他一旦动了"削平各国，问鼎中原"的念头，就没有什么能够阻止他了。

湖南武平节度使周保权因部将叛乱无力应对而遣使入宋，请求出兵救急。赵匡胤一口答应，调集了十个州的兵力向湖南进发。其实，他哪里是真的去救急，不过想趁着鹬蚌相争，分得一杯羹。南下途中，还顺便用计占了荆南，未费一兵一卒。

荆南虽是小国，却也是后蜀的邻国，这不能不让孟昶恐慌。他佯装平静过完春节，想着该商讨防宋大计了。

就在他同宠臣王昭远促膝长谈的时候，远在汴京的赵匡胤也在同宰相赵晋商讨军政。他们都将目光放在了北边的北汉，只不过，孟昶想的是联汉攻宋，而赵匡胤是欲取汉，先攻蜀。

孟昶派赵彦韬带修书通好北汉，欲南北夹击汴梁，未料赵彦韬反投奔了赵匡胤，顺利地给了赵匡胤一个攻伐后蜀的理由。

花蕊夫人虽久处深宫，对朝廷大事却也不是看不分明，宋主派忠武军节度使王全斌率军六万分道入蜀，想来是已策划多时，胸有成竹。而孟昶派去抵挡宋军的王昭远，整日手持铁如意，自比诸葛孔明，恃蜀地艰险、外扼三峡，丝毫不将宋军放在眼里，其实胜负早就已经分明了。只是，除了安然等待命运的安排，她又能做些什么呢？

从前，孟昶荒疏朝政、嗜酒贪杯，她还会小心翼翼地提醒，而今，听着节节溃败的军情，想像着步步紧逼的宋军，她缄默了。有时还会随他一同痛饮，因为只有这样，才能暂时麻痹紧绷到脆弱的神经，抛却对无知未来的恐慌。

然而，逃避不了的一天终于还是来了。十四万的益州守军对着区区几万宋兵树了降旗，可叹后蜀自高祖孟知祥起养兵足有四十年，如今覆亡仅用了六十六天。

那天，孟昶一袭素衣，出城请降。那是第一次，花蕊夫人对孟昶失望了。

宋军围城之时，花蕊夫人就同李太后备好了白绫，就是为了最后一刻，陪着孟昶一起，护卫后蜀君主的尊严。可是，她们都没有想到，孟昶却甘愿对宋俯首称臣。

其实，这并不是一个人的苟且偷生，孟昶已然愧对了他的百姓、军士，如今，他怎么忍心看着他至亲、至爱的人，为了他的错误，走上不复的万劫之途？他知赵匡胤无意伤害他的家人，只要他忍辱负重，便一切好商量。

离开故国，北上汴京，正值草长莺飞，然而谁都没有看山看水的心情。以往出行，莫不是前呼后拥，反总嫌聒噪。如今车马劳顿，却再无人嘘寒问暖，始知一切已成过眼云烟。除了花蕊夫人，孟昶真的是一无所有了。

> 初离蜀道心将碎，
> 离恨绵绵，
> 春日如年，马上时时闻杜鹃。
> 三千宫女皆花貌，
> 共斗婵娟，髻学朝天，
> 今日谁知是谶言。
> ……

不知葭萌关驿站的墙壁上，她为何只题了半阕词，以往，未写完的词都是他替她续上的，已经成了习惯，可惜如今他已经再无吟诗作词的心情。还记得几年前赏花游园，他亲自谱了《万里朝天曲》，宫人皆戴高冠，群呼"朝天"，都道是万里来朝的喜兆，今日才知，此朝原非彼朝。

（三）

孟昶没有想到，来到汴京并未经历他所想像的耻辱。宋主赵匡胤给他的礼遇，一时间让他受宠若惊。他被册封为检校太师，兼中书令，授爵秦国公，汴河之滨，还有一座有着五百余间房屋的大宅院。这哪里是一个寄人篱下的亡国之君，大宋王公贵族的待遇也不过如此了。

他安然接受这些馈赠的时候，却不知这是多么大的讽刺，那个宅子竟是在两国未战之前就已盖好了的，那个时候，赵匡胤就毅然断定孟昶必败无疑。他当然更不知，自他走后，北宋统帅王全斌在蜀地烧杀抢掠，诱杀了两万多名蜀军降兵。原来，全身而退的，只他一人。

可是，既然走了，也就与从前一刀两断了。此刻，他只庆幸，还可以同花蕊夫人一起，平静地度过剩余的岁月。有如此佳人相伴，就是没有了江山，只做个布衣王侯，也不是谁都能有的福分。

只是，好东西是人人都羡慕的。如果，她不是这样的美，这样的动人心魂，孟昶或许可以随心所欲。

来汴京的第二天，孟昶携家眷一同入宫谢恩。面对满朝文武，对着另一个人叩拜，称呼"万岁"，于他，的确又是一次不小的悸动。他勉强捱了过去，自以为是地松了口气。

可是，一切当然没有结束，便是当着那许多人，赵匡胤看花蕊夫人的眼神，都是肆无忌惮的，难道，他没有看到？

或者，他是根本不想看到。

就这样，花蕊夫人做了红颜祸水，一切与她无关，一切却又因她而起。赵匡胤想做的事，一定都会做，也一定都会做到。

来汴京的第七日，孟昶突然病倒了，花蕊诧异，前一天进宫赴宴时不还是好好的？回来酩酊大醉却似再也清醒不过来了。她猜不到，那杯毒酒是赵匡胤亲手递给孟昶的，以一个胜利者、主宰者的姿态。也许得意洋洋之时，那不为人道的用心都显露无遗，也许，孟昶已经感知到了这杯酒不能喝，可是，却又不得不喝。

如果一个人必须死，那么，临死之前被称为"回光返照"的那一刻，其实是有胜于凌迟的残忍。大喜大悲的交替，对生命的束手无策，也足以摧毁活着的人的意志。孟昶突然间的清醒，让花蕊夫人兴奋不已，她紧抓他的手，忙不迭地问候冷暖，诉说着先前的担忧，他微笑着静静听，也不打断。

事后，她无数次悔恨，她用那些无关紧要的琐事挥霍了同他相处的最后时光。然而，她想对他说的话太多，本来是要说一辈子的，那一点点时间又怎么能够？

直到孟昶的眼神渐渐黯淡下去，她才又慌了，那一刻，她只想去房里取了那根从前未用得上的白绫，随他同去。可是，他却看透了她，他紧拉着她的手，勉强笑着叮嘱，以后年年今日，都不要忘了为他上一炷香。

生有她的陪伴，死亦携她同往，于情于理，这也都是她分内的事，只是，他却忍不下心来。

孟昶的葬礼是隆重的，赵匡胤亲自前去拜祭，并追封他为楚王。那天，王公大臣们也来了不少，他们当中没有一个人与孟昶有交情，去了，不过为了看一眼美丽的女主人。

那一天，对着一身素缟，楚楚动人的花蕊夫人，赵匡胤没有显示他迫不及待的热切，对他来说，她既然已是唾手可得，就没必要在众人面前丢了君王的架子。他礼节性地问候了花蕊夫人和李太后，便移驾回宫。

花蕊夫人就是在他走后，见到晋王赵光义的。如果不是旁人提醒，她一点都看不出这是皇帝的亲弟弟。宋主是性情直爽的，而晋王，你却很难透过他冷漠的眼神看出他内心所想。不知是平素喜好还是为了应景，他穿了一身黑衣，纤尘不染，刚好与花蕊夫人映成一玄一素。

花蕊夫人迎上前去行礼，却被他抢先一步拦住，她诧异地抬头，恰巧捕捉到了他眸子里一闪而过的柔光，她迅速低下头，再不敢看他。

赵光义像来祭奠的很多人一样，并不是第一次见她，只因那次朝堂一顾过目未忘，才又赶了来。只是，明眼人对孟昶的死，都是心知肚明，此来仅为一睹芳容，怕日后被迎进宫去就再见不到。只有赵光

义，才敢另有所图。

赵家兄弟，其实很是相像，入了眼的东西，会不顾一切地争取。只是，赵光义还是慢了一步，在他思忖着该如何得到花蕊夫人的时候，就听宰相赵普说，皇上即日便要迎花蕊夫人进宫。

从前，两兄弟也是不分你我的，但自从陈桥兵变，赵光义眼睁睁地看着黄袍披在了哥哥身上，心就难以平静。那是九五之尊、主宰天下的诱惑，他一样也是出生入死、马革裹尸，却霎时间落得了天壤之别。

那是赵光义第一次如此冲动，不顾一切地闯进宫去，只是在赵匡胤面前，他到底不敢显露他的真实意图，说出口的，还是一些冠冕堂皇的"社稷为重，美色误国"，"亡国之妇，甚为不祥"……

如果赵匡胤还顾虑这些，当初便不会那么果决地将孟昶置之死地了，但他还是没有阻止赵光义，静静地听他说着，不辩解一句，但态度已经很明确。

孟昶死后没几天，李太后也绝食而死，从前她抛弃家国苟且活着，是为了孟昶，而今了无牵挂，是非走不可了。宫人前来迎花蕊夫人进宫时，她正在为亡人上香，听了传旨，对着牌位拜了几拜，便转身离去。

她的平静，不是佯装的，她想都没想进宫意味着什么，或许刹那间，她也恍然大悟，孟昶是因她而死。但是，连日来的打击太大，她再也经不起了。她只需要一个地方暂时逃避开这一切，就这样，她又一次进了皇宫。

大宋后宫也不是没有天姿国色，但是，同当年后蜀内宫一样，花蕊夫人一笑，又是黯淡了六宫粉黛。赵匡胤依旧叫她"花蕊"，他甚至不怎么介意她缅怀过去。一日，他查看自后蜀宫中所获之物，发现里面竟还有孟昶用过的溺器，原来是因上面镶嵌了金、银、琉璃、砗碟、玛瑙等，兵士们不敢妄自处断，才送进宫来。赵匡胤当着花蕊的面，将溺器摔碎，愤然道：穷奢至此，焉能不亡！

花蕊夫人不是一个不明事理的人，她知当日孟昶要有赵匡胤一半的励精图治，也不至于落得这般下场。那天，她对着不免得意洋洋的赵匡胤口占一首：

> 君王城上竖降旗，
> 妾在深宫那得知。
> 十四万人齐解甲，
> 更无一个是男儿。

花蕊夫人从前做的宫词，赵匡胤都细细读过，他也曾被她细腻的情感和冠绝的才华打动，可是，没有一首诗给他的震撼能抵得过这首《蜀亡》。他这才知，她并不是一只被养在深宫里的金丝雀，虽远离俗世纷争，却仍有一腔热血，一颗剑胆琴心。只不过，她是被孟昶辜负了。

其实，花蕊夫人对孟昶的情，赵匡胤还是不能明白得真切。他总以一副胜利者的姿态评点孟昶的治国无方、咎由自取，并不知，这丝毫动摇不了孟昶在花蕊夫人心中的位置。她怨他，愧对黎民、臣子，但这于他们的情，却是两码子事。进了大宋后宫已许久，她不还是梳着"朝天髻"，穿着从前的旧衣？那"绯羊首"、"月一盘"，她什么时候为其他人做过？

赵匡胤无论如何也是不能得到她的心了，不过还好，至少她名义上陪在了他身边。可是，赵光义呢？他在宫中还是常能遇到她，表面上故作镇定同她寒暄，但心底的欲望与愤懑早已是不能抑制了。

（四）

孟昶的祭日，花蕊夫人不想只偷偷摸摸地上一炷香，虽然她已不再将他的死归罪于任何人，但并不代表，她将他尘封在心底，不去触碰了。她相信时光摧毁一切的力量，所以，她要年年祭奠他，用最虔诚的方式，告诉他，也告诉自己，永不相忘。

孟昶的画像，花蕊夫人画了整整一年，直到祭日的前一天，才终于算是画好。一幅近似于白描的画，看似简单，每一笔却都是对过往的重新回忆。她需得找寻喧嚣之外的空间，找寻不受打扰的清闲，去细细体味。可往往是记忆好不容易拼凑起来，又忽然发现，眼前的人形根本就不是心中那个完美的印象，便只好毁去重画。就这样，反复折腾了不知多少遍，终于画得一幅。画上的孟昶，还是她第一眼见到的样子，那是许多许多年以前了，除了她，并没有多少人还能记得这样清晰。

她将画像挂在卧房里拜祭，也不是没有顾虑，这里毕竟是大宋后宫，人多眼杂，何况赵匡胤，也是时时来走动的。可是，祭日那一天，她就什么也不想了，一人爬高将画挂上，上了三炷香。

一连几日，因忙于增置三司推官的事务，赵匡胤都不曾来看花蕊夫人。可巧到了祭奠的最后一日，孟昶画像正待要取下时，赵匡胤却来了。

花蕊夫人好似已经料想到，总有这么一个时候，瞒不过的。所以，也不迎出去，就端坐着，等候在卧房里。

赵匡胤是来接花蕊夫人游园的，他知花蕊夫人爱花，也知孟昶曾为了她，遍寻异种，曾有冬十月赏红栀子的奇谈。大宋怎么可能比不过区区弹丸之地，他早也命人上贡了珍稀花种，移植在御花园里，当时正开得葳蕤。

赵匡胤见到卧房的那幅画，是很有些不快的，闺房内悬挂男子的画像，成什么体统？他瞥眼又看了那画一眼，突然发觉有些眼熟，可到底在哪里见过，又怎么也想不起。

赵匡胤的眼前瞬间闪过了许多人，但没有一个是孟昶，他见到的孟昶，已是一个沦为阶下囚的，与普通人无二的中年男子，和画上这个意气风发的少年君王确实是有天壤之别。更何况，赵匡胤根本不相信花蕊夫人有这样的胆量。

一旁的花蕊夫人平静如常，什么也不解释，这有点惹恼赵匡胤，他厉声质问她，画上的男子是谁？

其实，花蕊夫人很想理直气壮地告诉他，这是孟昶。可是，在他灼人眼神的逼视下，她打了个寒战，有些怯懦了。如此这般伤他的心，也并非她的本意。

"是送子神张仙"，她避开他的眼神，嗫嚅着。说完自己也暗叫不好，怎么竟编派到了道教神仙的头上。

看见她突然刷红的脸，赵匡胤更是疑惑了，何况他根本就不知道张仙。可是，此时的花蕊夫人却再答不出一个字。

"张仙是蜀地信奉的送子神"，赵光义边说边走了进来。花蕊夫人吃了一惊，怎么晋王也在这里？

赵光义进宫本是为了禀奏国事的，赵匡胤顺带着邀他一同赏花。花蕊夫人一直未出卧房，也就一直不曾见到等候在大堂的赵光义。

赵光义细细地同赵匡胤解释了张仙，称蜀地家家供奉张仙画像，以求早生贵子、子孙福禄。几句话，瞬时打消了赵匡胤的疑虑，他听了"早生贵子"，一时间也喜不自禁，竟也上前上了炷香。

临出门时，花蕊夫人找机会到赵光义身边，悄声道了谢。他却似没听见一般，头也不回，那神情，冷漠得怕人。

花蕊夫人进宫，并没有打消赵光义曾有的念头，可是，他感觉同她的距离，是越来越远了。先前，他以为打败哥哥，便能得到花蕊夫人，现在看来，她的心竟还是被过去完完全全占据着。

不能得到，最好就是要忘掉，可是这一了百了的方式对赵光义来说，又是最难的选择。越想忘，她的影子就越是片刻都不能消失。他的神经变得越来越脆弱，他知道，他早晚会被这噩梦般的感觉吞噬。

所以，他必须让自己解脱。

对国事，花蕊夫人从不多言，但赵匡胤知她明理、有决断，就也常问她意见。一日，提及商朝"兄终弟及"的继承制，花蕊夫人颇不以为然，她陈说了她的理由，却不知，已触动了赵光义最敏锐的神经。

大宋皇帝，有谁不想当？但如若要论最有资格继承皇位的，除了晋王，还有谁？如若他是大宋皇帝，对花蕊夫人还需要这样苦思冥想、夜不能寐吗？可是，她却一点都没为他想过，她不知她随口的一句话，有时真能左右圣意。

喜欢的东西如若用尽全力也不能得到，那么，就莫若亲手毁了它。因为毁掉，也算是一种征服。所以，这件事其实并非缘由，充其量不过是根导火线。

一年春事到荼蘼，那佛家经典里美丽而又忧伤的彼岸之花，果真是一种终结的暗喻。那一年，自蜀地移植的大红荼蘼花，开得最盛，荼蘼以纯白居多，红色算是异种，一时间，惹了许多人观看。

那天发生的事，后来，再也听不到一个完整的述说。只言片语拼凑起来，大略是赵匡胤同晋王相携比箭，花蕊夫人在花丛采花，继而晋王拉弓射向花丛，花蕊夫人就倒在了花丛中。

花是烈焰般的红，那血滴落下来，就再也寻不见了。远处的两个身影，花蕊夫人渐渐看不清晰，但她一直是笑着的。她知道她永远理不清同他们的纠葛，就这样离开，真是一种解脱。

　　荼蘼，是黄泉道上的引路之花，但不管幽冥之地有多少未知和恐惧，她都不会害怕。因为，那里有等待着她的人。孟昶的情，她现今终于可以还了，她一人偷生到现在，其实，没有一天不是愧疚的。

　　她知道，世间有许多情，如同那园里有姹紫、嫣红，如同她喜欢牡丹，亦是爱着芙蓉。可是，最终她只做了暮春荼蘼的花蕊，韶华胜极，安然地同繁华，同灿烂，同忧伤离别。

　　别说，她是孤独的。因为，她有记忆，有期待，还有刻骨铭心的爱。

往事还如一梦中——大、小周后

（一）

春色，春色，依旧青门紫陌。

日斜柳暗花嫣，醉卧谁家少年？

年少，年少，行乐直须及早。

明月，明月，照得离人愁绝。

更深影入空床，不道帏屏夜长。

长夜，长夜，梦到庭花荫下。

南浦，南浦，翠鬓离人何处？

当时携手高楼，依旧楼前水流。

流水，流水，中有伤心双泪！

——南唐·冯延巳《三台令》

重提这段南唐旧事，我用冯延巳的小令做了开篇，知道定惹了人诧异。南唐两代君主的词都是鬼斧神工，冠绝古今，如何还去舍本逐末，寻了宰相的词来？当然，这算是情非得已，那"林花谢了春红，太匆匆"好是好，只是过于悲恸。山河自来载不动许多愁，所以，一切还得从头说起。

粉饰的太平其实很容易一眼看穿，当然，须得是旁观者。金陵自古繁华，繁华的不仅是城池，也是人心。周世宗柴荣派兵攻打南唐，已经打了几个月，却好似并未让多少人乱了阵脚。处境一直艰难，但李璟从未觉得自己会是南唐的最后一任君王。

他的寿宴是同往年一样的规格，大宴群臣，歌舞助兴。其实只要是不谈政治，君臣总能尽兴而归，更何况，那天还能看到周司徒的女儿。

周司徒的女儿小字娥皇，单是听这个名字，极容易骇人一跳的。上古先帝尧有两个女儿，一个叫娥皇，一个叫女英，后来姊妹两人双双嫁给舜帝，做了王后，也是天下一等一的贤良，贞节。周司徒为长女起这个名字，不能不说有暗暗的期许成分。

当然，他的期许也是有道理的，后世史书不知用过多少溢美之词来称赞她的美丽，什么"眉弯似月，唇小似樱，腰细如柳"，我并不想再加赘述，只说即便有人能胜过她的容貌，也定然胜不过她的才华。琴棋书画，她都不是浅尝辄止。她通书史，善歌舞，甚至还著有一本名为《击蒙小叶子格》的棋书。

为李璟祝寿，她当然还是弹她最拿手的琵琶。在国君面前弹琵琶，其实是有点压力的，更何况，在座的还有一位皇六子，精通音律。那时，他叫李从嘉，李煜，是他后来的名字了。

一首琵琶曲奏得四周鸦雀无声，她起初有些慌乱，思忖着是不是弹错了什么自己不曾察觉。但瞬间，便放下心来，她看见了李璟赞许的目光，她隐约还觉察到了人群中有一双凝视着她的眼睛。他看她是与众不同的，当然有赞叹，但更多是爱慕的柔情。

那天，李璟将自己的珍爱之物"烧槽琵琶"赐给了她，这让她受宠若惊。她知道，烧槽琵琶是难得一见的国宝，相传是东汉蔡邕所做，用了上好的桐木，烧制而成。制一把这样的琵琶，需得天时地利人和，缺一不可。其实李璟也算明智，宝马配英雄，这样的琵琶如果让旁人拨弄实在都是暴珍天物。

许多年后，她再回忆那天寿宴上的情形，常常会笑出声来。因为烧槽琵琶并非是她得到的唯一惊喜，她想着皇六子看她的那双眼睛，和自己那一瞬间的心跳。如若不是梦中，怎么这么快都能如了他们的愿呢。

知子莫若父，将周娥皇许配给李煜，是李璟未经过多想就决定了的。这个儿子最像自己，做个词人文士都是可以千古留名的。这样的倜傥，这样的才华，寻常女子怎么配得上？

那时的太子是李煜的长兄李弘翼，照这样看，周娥皇好似并没有当王后的可能，这多少辜负了她的好名字。但她一点都不在意，对这个尚且陌生的男子，她有着十足的信心。凭他曾看她的那一眼，凭他听懂了她的曲子，她相信，李煜一定是她的知己。

世间其实并没有多少夫妻可以是知己，尤其是一千多年前，听由父母之命去和一个从未深交过的男人过一辈子，是一件相当冒险的事。一般说来，不厌恶便是最大的欢喜，这说明在今后漫长的年月里，两人至少可以相安无事。即使不能缠缠绵绵，至少可以相看不厌，或许共同经历了岁月的刀难，越发相互珍重，也不是没有的事。怕就怕把一对真正的冤家撮合在了一起，男人还好，天涯何处无芳草，慢慢寻就是。可女人呢，连寻的机会也没有。是劫还是缘，终看个人造化了。

所以怎么看，周娥皇都是最幸运的。嫁给他的那一年，她十九岁，他十八岁，都是花一样的年龄。她在最恰当的时间，遇到了最恰当的人。

后周和南唐的战争，一共打了三年，但是无论怎么打，南唐似乎总能找到退路。为了换得战争的暂时结束，李璟献出了江北淮南的十四个州，为了求得未来几年的安宁，公元958年，他废去帝号，向后周称臣。

不能说李璟是一个绝对荒唐的皇帝，对着硝烟战乱，他也有过"细雨梦回鸡塞远，小楼吹彻玉笙寒。多少泪珠无限恨，倚栏干"的忧愁。但是，这又能如何呢？才华、诗文又救不了国，一个国家到了这种境地，除了妥协，还有什么别的办法！

那一年，李煜的长子仲寓出生，得子的喜悦令李煜更加忽略了皇宫之外的事。本来对于家国大事，他就不怎么放在心上的，骨子里，他有着同李璟一样的心态：苟延残喘，实在不行便一退再退。他还是为数不多的，不想当皇帝的皇子。他一直不理解哥哥李弘翼，已经是太子了，究竟还要争什么。在他看来，每日与娥皇举杯畅饮，伴花赏乐，已经是最幸福的生活了。

太子李弘翼当然不会这么想，一天不当上皇帝，便一天也不能松懈。何况南唐的情况还有些特殊，为了手足之情，父亲李璟曾在李昪的灵位前发过"兄终弟及"的誓言。此事虽多年不提，但叔父景遂总是他继位的绊脚石。

历史就是喜欢这样开玩笑，李弘翼派人暗杀了叔父，准备安心当皇帝的时候，却因病一命呜呼。

除了痛失兄长有些哀伤，李煜丝毫不觉得太子的死同他会有什么关系。但是，旁人都看得出来，他是李璟心目中太子的最佳人选。其实并不是所有人都看好这个生性懦弱的皇子，大臣钟谟就说："从嘉德轻志懦，又酷信释氏，非人主才。"可是就因了这句话，他被李璟贬官流放，类似的话就再也无人敢提了。

公元 961 年，对李煜和周娥皇来说，是绝对不平常的一年。那一年，他们的次子仲宣出生，李煜在金陵继位。周娥皇果真应了她的名字，贵为王后，伴君左右。虽然，此时的江山已经很有些破败了，后周已经改朝换代成了北宋，气焰更加嚣张，李煜继位时用的竟然还是宋太祖的年号"建隆"。

当年钟谟对李煜的评价是一点也不错的，他同李璟一样，任外面怎样风雨飘摇，他都有办法不为所动。进了皇宫，比从前有了更多享乐的机会，而且还是一呼百应的乐，他才发现，当皇帝也不是一件太可怕的事。

红日已高三丈透，

金炉次第添香兽，

红锦地衣随步皱。

佳人舞点金钗溜，

酒恶时拈花蕊嗅，

别殿遥闻箫鼓奏。

——李煜《浣溪沙》

后世称他为"千古词帝"，怕是多因了他"一江春水向东流"般哀伤的绝唱。所以，这种喜悦的调子，难以算他词中的精品。这首《浣溪沙》并未交代背景，但谁又能否认它同周娥皇的渊源。

同她在一起的日子，也是他一生中最安稳的岁月。其实他做皇帝，她起初是不安的，怕对着突然多出来的后宫粉黛，她便在他眼前失了颜色。她并不是热衷于权势的女人，若是这样，她倒宁愿不当这个皇后。

自古江南出美女，所以南唐后宫怎么也少不了貌美佳人。单是史上留名的就有奇花簪头、招蜂引蝶的侍妾秋水，三寸纤足舞于金莲之上的窅娘等。李煜对她们也不是无动于衷，也是见之惊喜，依依不舍。但是在他心中，还没有一个人能够替代娥皇的地位。

李煜的生日是七月七日乞巧节，天生注定了他多愁善感的浪漫。每年的七夕夜，宫里都是彻夜欢腾。乐师舞女们会献上最精致的歌舞。当然，他最期待的，还是娥皇为他奏的曲子。

那一天，她最后一个出场，拿出很少示人的烧槽琵琶奏了一曲。她奏时，并无舞女伴舞，可是听着曲子，就好似眼前出现了飞旋着的翩翩身姿，那似乎是广寒月宫才有的绝美与迷蒙，一时间，不知身处人间还是天上。

众人都不知此曲的出处，故而都转眼看向李煜。的确，只有李煜知道，那竟是失传已久的《霓裳羽衣曲》。

昔年，也是一场盛大聚会，杨玉环身着华丽的羽衣为唐明皇跳了一曲《霓裳羽衣曲》，倾倒众人。而今，依旧是一个爱妃，一个皇帝。依旧是恩恩爱爱，誓死靡他的两个人，不能不说是一种奇妙的契缘。

《霓裳羽衣曲》自安史之乱后便失传于世，李煜曾辗转得到一小片残谱，他没有想到她竟然将它补齐，还用琵琶奏出。此时的曲子定然已经不同于昨日，但无疑，已达到了曾经的效果。

遗憾的是，这首传奇的曲子终究未能遗于后世，金陵沦陷时，李煜亲手将其毁掉，此又是后话了。

（二）

山河依旧动荡，但不至于有燃眉之急，因为此时的北宋还在忙着对付后蜀、南平。所以比起国事，更让李煜头疼的还是家事。他的小儿子仲宣得了重病，周娥皇衣不解带地照料，却不见好转，忧愁之下，她也病倒了。

起先他并未在意，以为她只是忧虑过度，休息调理一阵便好。可随着仲宣的病越来越厉害，她的病也有加重之势，这才慌了神。他知道这是病由心生，仲宣的病不好，她便也很难痊愈。于是，他只得派人去请了她的家人来，想着由亲人照料，或许还拿捏得准一点。

来的人是娥皇的妹妹周嘉敏，见到她时，李煜心下略略一惊。其实他并不是第一次见她，只是记忆中她一直是个模糊的小孩样子。也难怪，当年迎娶娥皇的时候，她才五岁，而今过去了十年，正是花儿一样的年龄，而她又是花儿一样的人，很难不惹人注目的。

她同姐姐长得很像，李煜从她的身上又看到了十年前娥皇的影子，从前她也是这样精灵活泼的，只是如今她已是两个孩子的母亲，是母仪天下的王后，便早已经向沉静贤淑转变了。

看着她，李煜也想到了自己的从前，那是一个多么无忧无虑的年纪，虽然只过了区区十年，他依然还是年轻，但他还是羡慕周嘉敏，有大把的时光可以挥霍，无所顾忌。

所以，在瞬间就惦记上了她，其实是因为她身上蓬勃的朝气，那只有少女才有的疏朗气韵。见了她，就如同看到清晨第一抹阳光，呼吸到了还带着露珠芬芳的空气。在深宫里，很少能够见到这样的人。

李煜便没能抵挡住诱惑。

他根本也无需去问周嘉敏的态度，因为她没有理由不喜欢他。少年君王，文采斐然，又对她的姐姐一往情深。对一个十五岁的女孩来说，他属于梦中思慕的对象。于是接到他的密函，她兴奋异常，除了等待那场幽会，她不想考虑任何事。

花明月暗笼轻雾，今宵好向郎边去。

刬袜步香阶，手提金缕鞋。

画堂南畔见，一向偎人颤。

奴为出来难，教郎恣意怜。

——李煜《菩萨蛮》

李煜的词，少见这样剔去铅华的白描，通篇写一个出门私会的女人，嗅着都觉香艳无比。如若不是亲眼所见，怕不能有这样的传神。

那个晚上，周娥皇还是卧在病床上，但身边已经不见了妹妹周嘉敏。对此，她并未多想，小女孩贪玩，也是常有的事。况且自己久病，已经连累妹妹照料多日了。

她并不知道，妹妹今晚要去红罗小亭。那是御花园里的一个装饰极美的亭子，也是她和李煜最爱去的地方。那里偏僻、幽静，无论赏月还是谈情，都是最合适不过的去处。

亭子还是原来的亭子，人却已经不是旧日的人。作为君王，他当然有这个权力，宫里宫外的美女还不是尽着他挑。只是这次，他确实有些残忍，在娥皇还病着的时候，在他们昔日寻欢的地方，宠幸着另一个人，而且这个人，还是她的亲妹妹。

这不是一个恰当的时间，也不是一对恰当的人，但丝毫没有影响他们的激情。那夜，两人都是忐忑的，这种感觉不仅周嘉敏未曾体会到，就连李煜，也是头一次。于是，这场约会变成了一场真正的幽会，充满着未知的诱惑。

"妻不如妾，妾不如婢，婢不如偷"，此话虽俗，却不是没有道理。男人也就是这一点贱，唾手可得的人便是天仙一般，也可以视而不见，提心吊胆、忐忐忑忑才道是真性情。

那天的情形不说也知，就如同李煜词里写的，我的眼里只有你。

只是激情一过，终究放不下心中的愧疚，一连几天，他们都不敢去面对周娥皇。

躲是躲不掉的，凭周娥皇的冰雪聪明，听着宫女们传唱的那首《菩萨蛮》，还有什么事是不明白的？李煜为宫中的不少爱妃写过词，但这样不事雕刻的白描，却绝无仅有。词中那天然清朗的少女，除了妹妹，还能有谁？

很难想像此时的周娥皇是一种什么样的心情，怨，定然是怨的，但是有没有恨？如果李煜是流连在其他嫔妃那里，她定然不会是这么怨的，这也是姊妹之间一种最微妙的感情。自己的东西外人可以争得，自己的亲人却争不得。何况，还是在她病中，没有丝毫招架之力的时候，说白了，这就叫乘人之危。

那年的十一月，年幼的仲宣夭折，失子之痛加上内心的情伤，让周娥皇的身体越来越虚弱。她对于死亡的看法，在这些天来有了天翻地覆的转变，曾经，她是多么希望可以陪伴他终生，可是现在，她时常赌气地想早点死去，好让他能够愧疚一辈子。

周娥皇终于也没有熬过那个月，她的生命连同令人艳羡的生活在她二十九岁那年戛然而止。临死之前，她对李煜说的话很耐人寻味：婢子多幸，托质君门，冒宠乘华，凡十载矣。女子之荣，莫过于此。所不足者，子殇身殁，无以报德。初看就是冠冕的临终遗言，句句感恩，没有一句埋怨，其实细细思忖，那不能释然的怨与痛，埋得太深了。

所以，常见犯了错的男人拉着女人的手，只求打两下，也不是胡闹的事。打过了，其实就是原谅了，如果只字不提，心平气和，反而都觉大难临头。说出来的怨，不是真的怨，埋在心里，才是会记一辈子的。

李煜是她的知己，怎么会不懂？所以才有那刻于石碑之上，赚尽

后人眼泪的《昭慧周后诔》。里面有"执子之手，与子偕老"的往昔
誓言，也有"我思姝子，永念犹初。爰而不见，我心毁如"的遗憾。
落款之处，他竟不顾君王身份，命人刻了"鳏夫煜"三字，除了昭
示自己的愧，也在心中，保留了她无可替代的位置。

　　这就是他的第一段情，过程有些遗憾，结束得有些仓皇，因为他
的真挚，总还算差强人意。但以后的事，却是造化弄人了。

（三）

　　历代史家描述周嘉敏，都是用了浓墨重彩的，自她盛况空前的婚
礼开始。举行这场册封典礼，已经是娥皇死后的第四年了。其实在这
之前，周嘉敏就已经住进了柔仪宫，行皇后之实了。之所以白白等了
四年，只因悼念完了娥皇，老太后又去世，李煜是孝子，便安分地守
了三年孝。

　　开宝元年，南唐大闹饥荒，但丝毫没有影响婚礼的奢侈。为了这
场婚礼，李煜还命太常博士考察了古今的婚礼沿革，制订了新的婚庆
仪式。那一天，金陵数万民众争相观看，甚至有不少"登房堕瓦而
死者"。

　　从此以后，她就变成了"小周后"，这个称呼当然是为了区别于
她的姐姐。其实，她和娥皇的不同之处太多了，后来者居上用在她身
上一点也不虚，她一出现，便是南唐后宫绝对的主角。

　　现在想来，周嘉敏的确是一个很有情调的女人，她过的生活一定
要不仅精致，而且别致。

　　她喜欢碧色的衣服，可是她心中的碧，很难让人领会。或者是雨
过天晴，仰天望见的淡蓝，或是春风吹过，群山所现的浅青。甚至她
自己，也表述不了太清楚。有一天，一个宫女将几匹绿绢挂在外面，

153

整夜都忘了收，绢被露水浸湿，颜色浸开，成了一种氤氲的绿。无意中瞥了一眼，她发觉，那竟是她要的颜色。以后她身上的绿，便都是用此法晕开而得。后世有人给这种绿取了名字，叫"天罗碧"，多有效仿，但想要穿出她的意韵，尚不是易事。

她好焚香，但绝不用俗常的香薰，她帐中的沉香，都是用鹅梨蒸过的，连沾着汗气都会发出一种香甜的味道。闻香识女人，她比谁参透得都明白。

苏东坡有句诗：从来佳茗似佳人。她喝的茶，一定也要与她般配。她巧思奇想，用茶乳做片制成各种香茗，这种茶，闻着便已经醉了，更不用说含在嘴里。

有了周嘉敏，李煜的生活决不仅限于赏乐填词了。他每天都能感受到新奇，连厌烦的机会都没有。

但是，此时的南唐却远不同于他们的人间四月天，飒飒彻骨的冷，已经令人不寒而栗了。

南唐年谱记述得简洁又一针见血：北宋开宝四年，遣弟从谦入宋，贡珍宝数倍于前；十月，遣弟从善入宋朝贡，上表请去南唐国号，印文改为江南国，自称江南国主。北宋开宝五年正月，贬损仪制，改诏为教，衣紫袍见宋。

就这样，一点一点地退，甚至弃去了尊严。可是，宋太祖赵匡胤是个什么样的人？他统一天下的雄心自"黄袍加身"那天起就没有动摇过。他曾对宰相赵普说过一句很有意思的话：卧榻之外，岂容旁人酣睡！或许这是为他征伐找借口，或者也就是国与国之间政治的真相，不是你死，便是我亡。

公元974年9月，宋太祖派大军进攻南唐。李煜赖着长江天堑的保护，一厢情愿地断定宋军过不了江。宋军搭浮桥过江的那天，他还安慰周嘉敏：这不过是孩子在玩游戏罢了。

其实，在国事天下事面前，他才是一个孩子。治国需要理性，他文人般的浪漫根本不堪一击。南唐有今日，只能怪他一个人。只是，世人总爱为君主的治国无方找理由，不是怨酒就是怨色，江南大街小巷的儿童都会唱一首歌谣：索得娘来忘却家，后园桃李不生花。猪儿狗儿都死尽，养得猫儿患赤瘕。

他的错，又怪在了她的身上。

那一天，十万宋军兵临城下，金陵城终于大难临头。先前，他还拉着她的手，命人预备积薪，誓言如若社稷失守，当携血属赴火。可是很遗憾，他连死的勇气都没有。或者，他也是顾虑，他死了，她怎么办？

于是，他选择了最耻辱的一种方式：肉袒降于军门。

至此，南唐亡。

四十年来家国，三千里地山河。

凤阁龙楼连霄汉，玉树琼枝作烟萝，

几曾识干戈？

一旦归为臣虏，沈腰潘鬓消磨。

最是仓皇辞庙日，教坊犹唱别离歌，

垂泪对宫娥。

——李煜《破阵子》

十一月的金陵，已有了些许侵骨的寒意，当然，更寒的，怎么也比不上人心。北上汴京的那一天，他羞愧得甚至有些不好意思看她，她本该是被他一辈子养在金笼子里的，如今却要同他一起面对未知的颠沛流离。可是，她不在乎，她挽着他登上北去的马车，一脸的坚定。

到了汴京，已是寒冬，漫天飞雪让这冬天更有了些凛冽的意味。北宋朝堂之上，胜利者赵匡胤看着屈膝于眼前的李煜，暗中叹了口气。他读过他的词，不久前，他看着那句"几曾识干戈"，还大大嘲笑了一番：不识干戈，难道他想用诗文救国不成！

这样柔弱的文人，根本也不配做他逐鹿中原的对手。于是他调侃着，封他为"违命侯"，封她为"郑国夫人"，赐他们汴京府邸，设施一应俱全。

或许，很多人会觉得赵匡胤大度，对手下败将还这样优待。其实，他根本也无须对他们做什么惩罚，亡国奴的耻辱会将他们对生活的热情全部吞噬。

又是一年的十一月，每到了这个时候，李煜都会同周嘉敏一起遥叩远方的家乡。"无限江山，别时容易见时难"，岂止是难，有生之年，那魂牵梦萦的故国，恐怕只有在梦中才能相见了。

那一个月还未过去，他们就听说了北宋宫廷里发生了一件大事，宋太祖赵匡胤死在病床上，旁边只有弟弟赵光义一个人。值班的太监除了远远地望见摇曳的烛影和听到一声斧头落地的声音，什么也说不清楚。那是被后世称为千年疑案的"烛影斧声"。这个事件最直接的结果就是，赵光义接替哥哥继位，成了北宋的第二位君王。

对于这件事，李煜也只是听听而已，因为他觉得无论谁做皇帝都与他这个阶下囚没有任何关系。

事情本来也该如此的，可赵光义就偏偏对李煜感了兴趣，继位的当月就废去李煜的爵位，改封"陇西郡公"。李煜一直觉得这是件好事，起码去掉了曾经过于尴尬的称呼，但是他想不到，醉翁之意根本不在酒。

每年的元宵佳节，朝廷命官的夫人都要入宫庆贺。那一天，"郑国夫人"周嘉敏也去例行公事，只是进了宫，却很久也不见回来。

李煜慌了神，可是他除了等待，没有其他办法。

漫长的等待中，他想了种种可能的缘由，甚至想着她是不是已经死了。可是，对于周嘉敏来说，在宫里经历的一切却比死还难受得多。

那天进了宫，周嘉敏就接到了皇后的口谕，请她稍后留步，大概是切磋女红一类的事。谁知没见到皇后，却见到了赵光义。上来的几声寒暄倒还客气，不多几句话，她就看出了他的企图。明眼人谁还不知道呢，他打着皇后的幌子将她留下，对她明明就是垂涎三尺了。

那是她最耻辱的经历，手无缚鸡之力的她虽然敌不过习武出身的赵光义，但还是拼命反抗。殊不知这样的反抗惹怒了赵光义，他竟叫了几名宫女一齐制住她，好让他得手。

就这样，在众人眼底下，她被他强占了去。而且这样的噩梦，一连重复了许多天。如果不是想着还在等待着她的李煜，她怕是早就一死了之了。

正月将尽，她终于回了家，对着心急如焚的李煜，号啕大哭。一连几日，她都不开口说一句话。其实说不说还有什么分别，看着她消瘦憔悴的样子，李煜还有什么猜不到的？

其实最痛苦的人应该是他，保不住江山，保不住百姓，最终连自己最爱的女人都保护不了，还有什么比这个更能让一个男人感到耻辱。

（四）

渐渐地，他们都麻木了，日子真的就过成了苟且偷生。赵光义常常假借皇后的名义招周嘉敏进宫，毕竟，有了第一次，有了第二次，往后就也不算什么了。对付周嘉敏，赵光义找到了最简单有效的方法，就是拿李煜作为要挟。一个人但凡有了顾虑，总是最好控制的。

> 春花秋月何时了，往事知多少？
>
> 小楼昨夜又东风，故国不堪回首月明中。
>
> 雕栏玉砌应犹在，只是朱颜改。
>
> 问君能有几多愁，恰似一江春水向东流。
>
> ——李煜《虞美人》

说这首词是李煜的巅峰之作，应当无人反对。只是很遗憾，这是他此生写的最后一首词了。又到了七月七日，这人间天上共同充满期待的节日，也是他四十二岁的生日。

她早想着为他的生日好好庆贺一番了，日子再不济，总不能误了一年一次的乞巧节。可她又一时间想不出什么方式来给他庆生，以往的必备节目都是找宫中最好的歌女去唱他的词，找最娴熟的乐师去奏他谱的曲，可如今，他的词曲除了愁还是愁，便是唱出来，也是空坏了气氛。

她漫无目的替他整理着书桌，不知怎么地就看到了那首词：秦楼不见吹箫女，空余上苑风光。粉英金蕊自低昂。东风恼我，才发一襟香。……当年得恨何长！碧阑干外映垂杨。暂时相见，如梦懒思量。这首词，她从未见到过，开始还有些诧异，但第二遍未看完，她突然明白，那是为悼念姐姐娥皇所做的词。原来，不管过去多少时间，在他的心中，总有娥皇的一个位置，埋在最深处。不需要总是想起，只因永远也不会忘记。

她的眼泪控制不住地落下来，她想着第一次进宫，想着对姐姐的愧疚，那曾经的记忆不知什么时候已经渐渐模糊。他们整日忙于应付现在的愁，还有什么时间去回忆往日的忧？

那天，她终究也没能为他办成一个盛大的生日宴会。因为他告诉她，他只想与她静静地待着，与她一个人喝酒赏月，像曾经在柔仪宫的许多个夜晚一样。

好花，好月。

他执意让她唱那曲新写成的《虞美人》，她拗不过，只得低声吟了起来。

那一幕，在许多年后的今天想来，也不能不为之动容。她怕是不知道，这是冥冥之中，上天注定的绝唱。

虞美人，是多年前同项羽含泪道别，自刎于垓下的虞美人；虞美人，也是世上最毒的花。它从来都习惯同死亡联系在一起，那一次，也没有例外。

一曲未唱完，就有宫人送来了宋太宗特赐的金杯御酒，李煜领旨谢恩，将酒一饮而尽。酒是好酒，但却是下了药的，药名"牵机"，也是毒中之毒。药性是半夜才发作的，他倒在她的怀里，头足不停地抽搐、弓曲，呼吸一点点地急促，果真状如"牵机"。此时，除了歇斯底里地大声喊着他的名字，紧抱着他的身体，她没有丝毫办法，直到他死，她都是眼睁睁地看着。

许多人都说，赵光义是因为这首感怀伤身，悲切家国事的《虞美人》而对李煜起了杀意。而实际上，李煜早已不得不死。对赵光义来说，时刻被人恨着，并不是一件舒服的事，虽然恨他的人根本没有还击之力。更何况，为了得到周嘉敏，他也必须让他死。

只是算来算去，赵光义唯独忘记了算一件事，那就是人心。他忘了她曾经屈服于他，受他侮辱，是因她放心不下李煜。她忍着自己的委屈，克制着求死之心，只为了能够保全他。如今他已经走了，对着这不堪的人世，她还能有什么眷恋？

于是她不再悲伤，平静地看着李煜归葬北邙山，平静地替他守完

孝，然后从容地结束了自己的生命。

李煜的一生，半世荣华，半世艰辛，那大喜大悲的起落不胜唏嘘。唯一让人艳羡的，是他有两个女人的爱。一个温柔如水，虽有些许遗憾，但终是一段可以时时回首的记忆；一个热烈似火，虽经百般磨砺，却握着他的手走过生命最后一段旅程。她们都死在她们的29岁，一个不应该独自面对死亡的年龄，但为了他，她们有怨而无憾。

如果爱有来世，我想，她们依然会在茫茫人海中寻觅他的身影。只是，她们会同前生一样，竭力卜出不相重合的时间，出现在他的面前。

他的手，她们都要独自去握。

新曲当年恼帝王——李师师

（一）

烟花三月，未必是江南最好。

更何况，汴京的繁华又是难以掩饰的一览无余。

对于常人，这花索笑、鸟寻欢的时节，确实值得雀跃。至少可以敞开了怀地大笑。这或许也是李师师与寻常女子的最大不同，生活中向来不曾少了喧闹，便也察觉不到这突如其来的欣喜了。

自打入了樊楼，已经没有什么事情能让李师师在意了，似乎连回忆都无济于事。也是，她能回忆什么呢，三岁时被父亲寄养于佛寺，有了"师师"这个乳名，到父亲死于狱中，流落烟花之地，仿佛只是一瞬间的事。一瞬间由至清之境堕入污浊，本就应该叫不堪回首。

而那第一个让她心动的男人，她竟也记不得他的模样了。她常想她曾经是多么可笑，竟然要死要活地跟着他，这种至死不渝的坚定怎能不吓坏那些逢场作戏的男人们。

不过，她到底比其他风尘女子好太多，折得青楼头号桂冠的最大好处便是能够结交名士。与才子文人往来总归好过那些酒肉之徒，虽然一样的秉性风流，才子们能将风流演绎得无丝毫滞沾，而那些财大气粗的人，便是附庸风雅也难差强人意。

在京城，有不下几十位名士为她写过词，秦观算是最早的一个。那时，她还未如现在这般名动京城，他偶尔去樊楼小坐，遇见了，便记住了。那天，他留了一首诗：

> 远山眉黛长，
>
> 细柳腰肢袅。
>
> 妆罢立春风，
>
> 一笑千金少。
>
> 归去凤城时，
>
> 说与青楼道。
>
> 遍看颍川花，
>
> 不似师师好。

一直以为，这首诗实在不能与秦少游的其他诗词相媲美。他青楼薄幸，处处留情。给蔡州营妓娄琬写过"下重门，柳边深巷，不堪回首。念多情，但有当时皓月，照人依旧"，为蓬莱歌妓做过"山抹微云，天粘衰草，画角声断谯门……伤情处，高城望断，灯火已黄昏"，哪个情深意切不比这好得多。

难怪周邦彦敢为她做《洛阳春》：眉共春山争秀，可怜长皱。莫将清泪湿花枝，恐花也如人瘦。清润玉箫闲久，知音稀有。欲知日日依栏愁，但问取亭前柳。

一样是称颂佳人，却因有情，便更动人。

送往迎来，逢场笑闹，李师师以为她的生活便该日日如此了。

直至遇见赵佶。当然，普天之下其实没有人敢称呼他为赵佶。初次见他，她以为他不过是富商甲，或者高官乙。她还是惯常的性子，慢慢地焚香、洗漱，凭那一屋子的人望眼欲穿，也不体谅半点。她不是没有见到他的前呼后拥，只是被盛名宠惯了的，寻常什么东西能够入了她的眼？

帘拢轻挑，她闲散地步入大堂，像闺阁女子百无聊赖地走进自家后庭。未施粉黛的脸上连一丝逢迎的媚态都不见。仿佛她生来就知道，自己的美永远都是所向披靡。

要论阅尽人间春色，有谁能比得上当朝天子。可此时的赵佶，却也不禁叹为观止。

其实，想那大宋后宫有"三千粉黛，八百烟娇"，佳丽云集的地方，如何就找不出一个胜过李师师的？非得让皇帝巴巴儿地微服出宫寻，寻得了，还得这样下力地等。看来，天子与寻常男人也无两样。看着红玫瑰，想着白玫瑰。等红玫瑰、白玫瑰通通到手，却又思忖着粉色蔷薇。看不见玫瑰的高贵艳丽，满眼都是蔷薇花的疏朗空灵。那玫瑰怎么就比不上蔷薇，只因呼之即来，唾手可得，就输给了风露立中宵的望眼欲穿。

无名氏所作《李师师传》中载，那一天，是大观三年八月十七日。难得看到后人立传有如此考究的细致。究竟天子佳人不同寻常，便是随意一顾，惯常相遇，也都是传奇了。

那天，她不卑不亢，点到为止，却让他欲罢不能。看惯了朝臣、后妃的趋之若鹜，他哪里见识过这样的恬静淡雅。几声寒暄过后，她起身奏了一曲《平沙落雁》，沙平水远，绵延不绝，这种悠长的意境恰是他所喜欢的。

说来也巧，平日所奏古曲甚多，如何偏偏就选了这曲《平沙落雁》。云驰万里，天际飞鸿，衬着她的高傲飘逸，怎能不令他动容。

对赵佶来说，此次出宫，名为寻美，实则是散心。能片刻避开宫廷纷扰也是好的。因他宠幸蔡京，大臣便看不入眼，搜其罪状，屡屡弹劾，弄得朝堂之上整日乌烟瘴气，这于他简直是一种精神折磨。他也恨蔡京，怎么就是不识宠的人，恃才傲物，仗势欺人，逼得他只得罢去他尚书左仆射的职务。既是这样，那些同僚们还不作罢，交章弹劾。赵佶怎能不知道，他们的意思是将他逐出京城，流放得越远越好，但是他的确不舍，不舍他的才。这个神宗年间的进士诗词文章无不冠绝，书法更是无人能出其右。

才子于才子总是惺惺相惜，他原想，一君一臣于吟诗作画中指点江山，怎么不好过和那些道学先生蛮缠，不料却是如此结局。

众人听《平沙落雁》，听的是壮逸，而他却分明感到了一种孤独。这种孤独无法与喧嚣中和，却能在繁华熙攘中愈演愈烈。只有在安静听曲的时候，他才可以释放他的厌倦，厌倦深宫的凝重，厌倦这个偌大江山带给他的荣耀。

他看着眼前这个抚琴的素面佳人，突然想着，如若弃去所有的一切，远离纷争，避开奢华，他不是皇帝，她也只是个寻常女子，住在深巷简屋，每日抚琴作画，相敬如宾。这样过得一生一世，是不是要比现在幸福得多呢。

曲终人散之时，她在他眼中看到了落寞，也就是这样的落寞让她的心蓦地一动。知音难寻，便是能懂一首曲子也是好的。于是，她第一次朝他笑了笑，这笑，算作认可。

那一天，酒不醉人人自醉。临走时，他用潇洒的瘦金将一首新词渲染纸上：浅酒人前共，软玉灯边拥，回眸入抱总含情……虽轻佻却也不失风趣。

总想若她永远不知道他的身份，才是最好。她还是风月花魁，他

还是青楼过客。她永远高高在上，永远千金难买一笑。她可以肆意地
让他等，让他心急如焚，也可以软语轻声将百炼钢化为绕指柔。

但是，一旦赵佶变为天子，任她如何淡泊虚名，也总不能心如止
水吧。在他面前，她会渐渐放低位置，连她自己也不会察觉的，就成
了皇帝的女人。

御用的东西，向来无人敢染指。

然而她不知道这究竟是荣幸还是悲哀，至少当门前冷落时，她感
到了些许不习惯。她在的樊楼，向来是汴京城最热闹的地方，而现
在，却安静得有些让人不知所措。其实，那日别后不久他又匆匆赶来
看她，她已知，她会与他无尽地纠结。

但这究竟是劫还是缘，谁又能说得清楚。

有一次说笑，她好奇地问他，大内后宫是不是像传说的一样神秘
复杂。他看着她，沉默了半响，突然问道，你想去么？

她顿时慌了神，她想她只不过是随口一说，怎么就被他想错了意
思。

其实也不怪赵佶，哪见有女人心甘情愿跟了男人又不要名分的，
或许开始是图个真爱，可是连个位置，连个肯定都给不了，哪还有底
气谈什么真爱。

可是，给个青楼女子名分，却并非是一件容易的事情。何况，他
还是一国之君。

当然，他也不是做不到，铁了心执意要，王公大臣们倒也无可奈
何，只又需费一番心神罢了。一想到要和那些迂腐的人纠缠，他就无
比厌烦。

所以，当他看她摇了摇头时，暗地里长舒了一口气。

其实他误解了她的意思，她摇头只是因为不知所措，他却理所当
然地当成了拒绝。不过，他的轻松让她看在了眼里，她想，她真的是

配不起这个皇宫的，哪怕是去做后宫三千佳丽中的一个小小的角色。当朝皇后是朝臣之女，她不用想都知道，这些大家闺秀会用什么眼光看一个沦落在烟花之地的女人。

她们会羞于与她为伍，而她也会在众人的嘲笑中愈加自卑。一旦没有了一股傲气，再明媚鲜妍的女人也会很快黯淡。

那时候，皇宫岂不是变成了她的坟墓。

想到这里，她感到了前所未有的轻松，她想樊楼虽然不起眼，她虽然不高贵，此时此刻，不已经打败了王公贵族的女儿们？

（二）

众人远离樊楼时，周邦彦反倒成了常客，不是不畏惧龙威，只是欲罢不能吧。

他与她的交情，本来也有点不同寻常。亦师亦友，似情非情。第一次见她，也是他慕名而至。她还是淡扫蛾眉，惯常的不冷不热。其实周邦彦的名气，她不是不知道，他博通百家，尤善长短句，青楼女子得其半阕词都是莫大的荣耀。

好在周邦彦丝毫未曾介意她的冷傲，他知道，在京城，她的名气绝非在他之下。美人似乎就是应该这样，因为难得，因为众人的趋之若鹜，就定然要有点姿态的。

李师师果然不愧群芳翘楚，她深知青楼待客的最高境界，或者这只是她性格使然，却恰好殊途同归。本来就是，来者皆是寻欢客，为何寻欢？还不是厌倦了素日的烟火家常。家中妻妾的嘘寒问暖听得厌了，便成了琐碎，琐碎久了，就成了一地鸡毛。烟花之地，寻的就是似情非情，抚琴弄箫，莺莺燕燕，不问柴米油盐。如若还能有个佳人不屑逢迎，宛在水中央，千金买一笑也就顺其自然了。

那时，他刚由明州归京任职，经历宦海沉浮，世事变迁，对人生陡然多了许多感慨，就连新作的《绕佛阁》，都不是惯常的风月味道：

> 暗尘四敛。楼观迥出，高映孤馆。清漏将短。厌闻夜久、签声动书慢。桂华又满。闲步露草，偏爱幽远。花气清婉。望中迤逦，城阴度河岸。倦客最萧索，醉倚斜桥穿柳线，还似汴堤、虹梁横水面。看浪飐春灯，舟下如箭，此行重见。叹故友难逢，羁思空乱。两眉愁、向谁舒展。

那一天，好花好月。他带着新词，携一壶好酒，与她击箸高歌，铁了心的不醉不归。

情浓酒酣之时，鸨母李妈急急进入，报说天子驾临，言语之间已慌得不知所措。

她却不以为然：何至于就慌成这样？樊楼向来就是待客的地方。如今已经都是门前冷落了，总不能连一两个知己都留不住。

君君臣臣，总还是有所顾忌的，周邦彦虽洒脱，却也不至于迎难而上。情急之中，他竟然躲到了床底。

名满京城的才子狼狈伏地，倒也让李师师和鸨母忍俊不禁。

赵佶深夜出宫，原是给她带了江南初贡的新橙。自打政和初年，蔡京被召回京师，献上一批珍贵花木开始，便得群僚们纷纷效仿，动辄就是数十艘官船渡江越海，将各地的奇木异果上贡皇宫。快马加鞭，一日千里，甚至拆桥毁梁，凿穿城墙，只为保鲜果露珠不落，草木花叶不凋。

"一骑红尘妃子笑"，这样劳民伤财，有时只是为了博得佳人一顾。

新橙虽甜，却甜中略带酸涩，讲究的人都知道，定要沾了江淮的细盐才算完美。她焚香净手，亲自剥橙，十指尖尖触开一抹嫩黄，本身就是一种景致，他不由得看呆了去。

碍于早朝，不便久留，夜三更时，他只得离开。那天的情景，倒像极了台子上的一出戏，小楼一夜听风雨，未惊动天子，也不曾唐突佳人。爬出床底的周邦彦虽满头大汗，却忍不住捧腹大笑。

日后，他比着那天的情景写下了著名的《少年游》：

> 并刀如水，吴盐胜雪，纤手破新橙。锦幄初温，兽香不断，相对坐调笙。低声问：向谁行宿？城上已三更。马滑霜浓，不如休去，直是少人行。

这也成了她最喜欢的一首词，时时弹唱。其实，她何尝读不明白词中的调侃之意，调侃她对赵佶的殷勤。冰雪般的冷美人，终也会问别人一句：向谁行宿？想来人都站在了眼前，还能去到什么别的地方。虽并未挽留人就已归，那句"马滑霜浓，不如休去"的确是已到嘴边的。

这种才子佳人如戏如梦的唱和，怎么是寻常人能企及的，难怪是做了经典，代代去传唱。

或许是一时忘情，一日，宋徽宗在座，她竟对着他唱起了《少年游》。凡夫俗子都能懂的词，赵佶怎能不懂。他越听越疑惑，看着她匆忙掩饰的仓皇，他恍然大悟。

追问得知，是周邦彦所做，顿时龙颜大怒。

如果周邦彦只是一介草民，或许他并不会在意，错就错在，他是君，他是臣。天子的女人，纵是不在乎了，最多也只是打入冷宫，守得一生孤寂。几时见过赏赐给大臣，更不消说，恰还是皇上宠幸的人。这就是君臣关系的微妙，布衣可犯的错，臣子却犯不得。

接下来的事情更加顺理成章，周邦彦被降旨谪官别处。

归来不久，竟又要离去。

长亭送别，其实只有寥寥数人。这让周邦彦的心情不由更加沮丧。他想着数年前，以一篇《汴京赋》名动京城，仿佛还是昨天的事情。从那时起，这个江南游子便把他乡认作了故乡，怎料想年逾花甲的时候又要离开，而且还是这样的狼狈。

其实他知道，触怒龙颜，本就是十恶不赦。普天之下皆为王土，又有谁敢来为一个谪官送别。

而她，也不知道何时能够再相见了。

直到他突然看到一袭素裙，还有她那不施粉黛却依旧动人的脸。他们相视而笑。

还要说什么呢，无需执手相看泪眼的矫情，他们只是惺惺相惜。他因她而仓皇离去，她怎么会不来做最后的告别？

纵是刀山火海，冒天下之大不韪，她也不会退缩的。俗世中，有许多情意可以转身即忘，但依然有许多，是无法舍弃的惦念。

那一天，他无限感慨，对黯淡的前途，也对她的有情有义。他为她唱了一曲《兰陵王》：

> 柳荫直，烟里丝丝弄碧，隋堤上，曾见几番拂水，飘绵送行色。登临望故国，谁识京华倦客，长亭路，年去岁来，应折柔条过千尺，闲寻旧踪迹，又酒趁哀弦，灯映离席。
>
> 梨花榆火催寒食，愁一剪，风快半篙波暖，回头迢递便数驿，望人在天北凄恻。恨堆积，渐别浦萦回，津堠岑寂。斜阳冉冉春无极，记月榭携手，露桥闻笛，沈思前事似梦里，泪暗滴。

再见李师师，宋徽宗觉察出了她的哀愁。她执意给他弹奏一首新曲，当她唱道"愁一箭风快，半篙波暖，回头迢递便数驿，望人在天北"时，竟已泣不成声。

听着这哀而不怨的曲，宋徽宗恍然大悟。他明白，这是周邦彦的词。

文人相轻，但的确只有文人才最解文人的风情。词中尽诉别离的惆怅，而这惆怅里又有多少对世事的无可奈何。"谁识京华倦客"，赵佶心想，难道自己不正是这烟火繁华中最该有厌倦之心的人吗？万人之上，千金之贵，却高处不胜寒。如若不是天子，那以他的才华，也定可以千古留名。做一个倜傥文人，便是整日眠花宿柳，醉生梦死，也落不得半句不是。奈何守着一个偌大的山河，劳心劳力，一不留神，就是一个"昏君"的万世骂名。

可是这一切，又能有什么办法呢，他可以随意改变普天之下任何一个人的命运，不费吹灰之力。但是，他却改变不了自己的。

那么，便只好将人生当作一场梦境，苟且寻欢。怕就怕沉思起前生后事，又惹得梦中暗泣。

感慨的宋徽宗当即下令将周邦彦召回京城，并加封为"大晟乐正"，专为朝廷制礼作乐。

因祸得福，原来是一场大喜大悲。

（三）

历史上的青楼女子，恐无一人同李师师般的，将"情、侠、义"演绎得如此淋漓尽致。她们无非是缠绵着自己的缠绵，悲切着自己的悲切，为某个男人，或为自己的前生今世。

而李师师，她未曾一笑倾城，一顾倾国，却是真正融入了大宋王朝的悲欢离合。

这才是真正的传奇。纵使你认为这是神话，这是虚构，也无法让自己不为之动容。

转眼间，已经到了那年的正月十五元宵夜。徽宗宣和年间，元宵最盛，花灯从腊月初一日，直点到正月十五夜里。"金吾不禁元宵"，在那时，男女老少可以肆意行乐，无所顾忌。

京师的繁华，无人不艳羡，甚至引来了山东梁山泊宋江一行人。

山东宋江同那淮西王庆、河北田虎、江南方腊并称"四大寇"，是朝廷通缉的要犯。宋江冒了天下之大不韪，千里迢迢来赏灯看月，倒也算有雅兴。

一直偏执地认为，宋江想见李师师，最初并非有绝对的目的性。男人也有好奇心，想必是久闻艳名，想看看这个天子宠幸的佳人到底如何。

宋江深知自己秉性粗犷，唯恐唐突了佳人，便派燕青先去熟络。

能让李师师一眼留意的，恐怕梁山好汉中，也只有燕青了。他是三十六天罡星的最末一位，偏于豪放，又不废婉约，吹拉弹唱都可来得，又射得一手百步穿杨好箭。

他别号"浪子"。宋江知道，自古至今，浪子都是最讨女人欢心的一类人。

这几日，天子驾幸北郊山的上清宫，无暇来此。街上车水马龙，人群熙攘，樊楼却比往常更加寂静。

正是天时、地利、人和。

宋江果是未选错人，李师师见到燕青时，眼前为之一亮。素日见到的名士再多，也不过都是鸿儒之态，那宋徽宗高贵虽高贵，说到底也还是文人气质。而燕青却是真正的侠客，不乏文士的倜傥，更有山野之人的放纵。

最喜欢施耐庵对燕青的评述，"唇若涂朱，睛如点漆，面似堆琼。有出人英武，凌云志气，资禀聪明。仪表天然磊落，梁山上端的夸能。益州古调，唱出绕梁声，果然是艺苑专精，风月丛中第一名。听鼓板喧云，笙声嘹亮，畅叙幽情。棍棒参差，揎拳飞脚，四百军州到处惊。人都羡英雄领袖，浪子燕青。"

都说见一面后，李师师便爱上了燕青，我却怎么也不信。终究也是见过世面的，阅人无数，还不至于如此轻浮，见一面就动手动脚自跌身价。说喜欢，不如说留意罢了。

经燕青引见，第二日，宋江顺利地见到了李师师。山僻村野之人，着实欠些修养，不但酒后划拳，指指点点，还唤了李逵进来。

见了李逵，李师师忍俊不禁：这汉怎如此像土地庙里对判官立地的小鬼。听到宋江答说"是家生的孩儿小李"时，更是掩口窃笑："我倒不打紧，辱没了太白学士。"

不失风度的调侃，直惹得一屋子的人大笑。

满座都是豪放之人，总不能再唱什么"对潇潇暮雨洒江天，一番洗清秋"了，李师师低吟起了"大江东去"。宋江借着酒兴，提笔成一首乐府词：

天南地北，问乾坤何处、可容狂客？借得山东烟水寨，来买凤城春色。翠袖围香，绛绡笼雪，一笑千金值。神仙体态，薄幸如何消得？想芦叶滩头，蓼花汀畔，皓月空凝碧。六六雁行连八九，只等金鸡消息。义胆包天，忠肝盖地，四海无人识。离愁万种，醉乡一夜头白。

诗心词意，显而易见。

她冰雪聪明，怎会不知其中意味，眼前这些人，如此粗犷义气，看似也不像寻常买笑人。何况山东烟水寨，她也是早有耳闻。只是，这又与她何干呢？她只是一个青楼女子，便是得了皇帝宠爱，也只不过是朝不保夕的事，何故要招惹一群朝廷钦犯呢？

于是，她假意不解其意，起身送客。

再见面，已是一年以后了。

这一年因了招安之事，大动干戈。最后三败高俅，将其擒至山上，又尽数放回。梁山好汉到底还是家国至上，反贪官不反皇帝，朝廷就是再无能，也认定是最好的去处。

于是，燕青第二次去了汴京城，带了金珠细软两大笼，目的明确。

不知道李师师见了他做何感想，一年未见，见面却是以千金买笑的方式。或者，她早已习惯，来者是客，各取所需，哪个又和钱过不去呢？

所幸的是，他还算诚恳，将来意摊开了说。许多事情一旦上升到国家民族的角度，便会产生两种截然不同的结果。听的人或觉无所谓，事不关己，或觉义愤填膺，以为己任。不知燕青自哪看出李师师到底是个不同寻常的女子，或者纯粹是碰个运气，好坏回去有个交代。他对着她，只一番大道理的倾诉，什么替天行道，保国安民；什么上达天听，早得招安。

直说得她有些不知所措，但内心应当是满足的罢，有人竟然将关系民族大义的事托付与她，她点一点头，竟似乎能够关乎成千上万人的身家性命，她哪里得到过这样的重视！见到她的人，除了风花雪月，就是谈论诗词歌赋，便是赵佶也未曾在她面前提过半句国家社稷。

这是第一次，她觉得她如此的重要。

与其说她因燕青而忘情，不如说她被他的话打动。连他都想像不到会如此顺利，她要带他直接见当今圣上。一时间，他还有些怀疑，怕她多想，也怕自己抵挡不住美色诱惑，急急地问了年庚，与她拜了姐弟。

见到赵佶，她又比往常殷勤了些。直至赵佶觉出了不寻常，笑问她时，她才唤出了燕青。

那一天，两人实在都捏着一把汗。她谎称他是姑舅家的兄弟，让他献唱，他起身唱了一曲坊间艳词，在赵佶听得不亦乐乎的时候，突然转了调子，那是一首《减字木兰花》：

> 听哀告，听哀告！贱躯流落谁知道，谁知道！极天罔地，罪恶难分颠倒。有人提出火坑中，肝胆常存忠孝，常存忠孝。有朝须把大恩人报！

与其说是一曲词，不如称为一种直白的控诉。赵佶果然大惊失色。

那天的事顺利得有些出人意料，燕青满腔义愤，将招安的前因后果通通讲述了一遍，包括佞臣的有意加害，皇帝的闭目塞听，也包括梁山泊所有人的赤胆忠心。

听着听着，赵佶很有些悲哀，国家大事自己原来是一无所知的。他听到的整日是山河大好，是粉饰的太平，那么真实情况，他怕是想都不敢想了。

给燕青御笔亲题赦书的时候，他看到了她的满足和欣喜。那种孩童似的得意的表情，令他忍不住忘情大笑。

其实，她高兴得确实太早，她不知道眼前的这个男人，和他拥有的偌大山河，已经岌岌可危。

赵佶的悲哀之处就在于，他即便知道了真相又能怎样呢，他能治童贯的罪么？他虽是阉人出身，却手握重兵转战边陲十几年，也算不可多得的军事统帅。

更重要的是，治了童贯的罪，难保不会牵扯出更多人。到时候，他根本无力收场。

这就是梁山好汉费尽心力想要效忠的皇帝，不敢想未来，也已经没有未来可想。

（四）

如果一切必须要结束，至少不需要用如此悲哀的方式。

靖康元年，金人大举进攻中原。金戈铁马于瞬间沦陷了京都的繁华，昔日的一切连同着如梦如幻的传奇一起灰飞烟灭。

那个风花雪月的皇帝不知会不会在最后一刻清醒，他的人生就是一场闹剧。他本是神宗庶出的十一子，当所有的历史征象都注定他是一个亲王时，他却阴差阳错当了皇帝。

或许，这从开始就是一个错误。

所以，当大宋江山毁在他的手上，他即便是匆匆退位，让儿子替自己做了亡国之君，也终难免昏君的骂名。

他被俘北上的时候，写下了绝笔《燕山亭》：

> 裁剪冰纨，轻叠数重，冷淡胭脂匀注。新样靓妆，艳溢香融，羞杀蕊珠宫女。易得凋零，更多少无情风雨。愁苦，问院落凄凉，几番春暮凭寄离恨重重，这双燕，何曾会人言语。天遥地远，万水千山，知他故宫何处？怎不思量，除梦里、有时曾去。无据，和梦也，新来不做。

万水千山，他第一次如此近距离地触摸着他曾经的国土，一步一步丈量着通往遥远他乡的路。

亡国之君的悲恨大抵离不了"故国不堪回首月明中"的意味。那不能提及的往日旧梦里，她是不是占了很大的分量？

乱世中，她销声匿迹。天子不在，家国不在，佳人又怎能如旧？当山河沦陷，人与人的结局本来就不会有什么天壤之别。

如果你执意追溯后事，那我只能告诉你，有人说她流落湖广，靠卖唱度日。偶有南渡的士大夫还记得旧日的盛名，邀她唱曲，她唱得最多的一首歌是：

> 辇毂繁华事可伤，
> 师师垂老遇湖湘；
> 缕衫檀板无颜色，
> 一曲当年动帝王。

这种结局最是令人忧伤的，我倒宁愿她是传说中的被金军主帅强掠，誓死不从而吞金自尽，或者散尽家产助国抗金，最后遁入空门。即便是跟着燕青一类侠客浪迹天涯也好，总强过这样不尴不尬地活着。

因为一场战乱，她与从前一刀两断，断得如此匆匆，甚至没有时间与故人执手离别，道一声珍重。

好在对于赵佶，她永远都可以释然。终究谁也不是谁的谁，两人在喧嚣的寂寞中相互取暖，锦上添花，谁又能保得了明天，承诺得了乱世。她至少好过他的后宫佳丽们，一辈子只守了他一个，一样的有倾国倾城的容貌，却连可称得上传奇的谈资都没有，那才叫真正的悲哀。

而她，有了那样的曾经，便是没有未来，也无需恐慌了。

所以，我们也一样，只要记着曾经的折柳调，佳人笑。

剩下的，不问也罢。

图书在版编目(CIP)数据

美人倾国:帝王红颜的不了情愁/流溪著.—武汉:武汉
大学出版社,2010.9
ISBN 978-7-307-07822-2

Ⅰ.美… Ⅱ.流… Ⅲ.散文—作品集—中国—当代
Ⅳ.I267

中国版本图书馆 CIP 数据核字(2010)第 102462 号

责任编辑:白绍华　　责任编辑:黄添生　　版式设计:马　佳

出版发行:**武汉大学出版社**　　(430072　武昌　珞珈山)
　　　　　(电子邮件:wdp4@whu.edu.cn 网址:www.wdp.com.cn)
印刷:湖北恒泰印务有限公司
开本:787×1092　1/16　印张:5.75　字数:141 千字　插页:2
版次:2010 年 9 月第 1 版　　　2010 年 9 月第 1 次印刷
ISBN 978-7-307-07822-2/I · 406　　　定价:20.00 元

版权所有,不得翻印;凡购买我社的图书,如有缺页、倒页、脱页等质
量问题,请与当地图书销售部门联系调换。